남자를 포기한
여자들이 사는 집

남자를 포기한 여자들이 사는 집

카린 랑베르 장편소설

류재화 옮김

레드스톤

"그건 불가능해." 긍지의 신이 말한다.
"그건 위험해." 경험의 신이 말한다.
"그건 출구가 없어." 이성의 신이 말한다.
"한번 해보자." 심장의 신이 속삭인다.

_윌리엄 아서 워드

1

"뭄바이행 542 항공기 승객 여러분은 7번 게이트로 와주시기 바랍니다. 곧 출발합니다. 마지막으로 알려드립니다. 뭄바이행 542 항공기 곧 출발합니다."

아! 네 명의 여자가 꺼리고 꺼려했던 그 안내. 배웅 나온 여자들은 흥분해서 한 여행자를 둘러쌌다.

"여권 챙겼지?" 시몬이 물었다.

"어, 챙겼어."

"언니 배낭 주머니에 아몬드 넣어 놨어." 로잘리가 속삭였다.

"천사네. 이젠 안심이군. 승무원이 파업해서 기내식 안 나와도 상관없겠어."

그녀들은 너무 일찍 공항에 도착했다. 이미 커피를 여러 잔 마셨다. 크루아상이나 슈케트 슈크림에는 손도 안 댔다. 그들은 온갖 종류의 수다를 떨었다. 쓸데없는 이야기들도. 그러다 진짜 중요한 것을 이야기하려고 할 때, 출발을 알리는 방송이 나온 것이다. 한 사람이 자기 호흡을 되찾으면 다음 사람이, 또 그 다음 사람이 이어서 마지막 잔소리를 늘어놓았다.

이륙할 때 껌 씹어. 갠지스 강에서는 절대 수영하지 마. 물은 병에 든 것만 마셔. 인도 사리 네 개 사와. 초록색 커리는 조심해. 소가 지나갈 땐 비켜줘. 너무 시끄러우면 귀마개를 해. 근데 인도 인구는 얼마나 되더라? 가리개만 한 나체족도 있지 않아? 도착하면 꼭 연락해. 그리고 돌아와야 해!

"어휴, 잔소리, 내가 마흔일곱인 거 내 입으로 말해야겠어?"

"그래도…… 이렇게 멀리 가는 건 처음이잖아."

그녀들 옆에 어디서 왔는지 모를 한 남자와 여자가 서로 끌어안고 있다. 붐비는 대합실 한가운데지만 그녀들 눈에는 그 두 사람만 보인다. 둘 다 하얀 옷을 입고, 머리카락은 뒤엉켜 있고, 입술은 맞붙은 채, 그들은 네 개의 손으로 한 몸을 만들고 있다. 네 손은 익히 알고 있는 곳으로 슬며시 들어가고, 어루만지며, 달라붙는다. 네 개의 손이 잠시 멀어진다. 두 입술이 속삭인다. 2센티미터. 아름다운 기와 모양으로 서로 포개진다. 그녀들은 두 사람이 사랑의 말을 주고받는지, 이별의 말을 주고받는지, 아니면 위로의 말을 주고받는지 모른다. 떠나는 게 남자고 남는 게 여자인지 아니면 그 반대인지, 두 사람은 영영 헤어지는 건지, 아무것도 결정하지 않은 것인지, 그녀들은 모른다.

"잊을 뻔했네. 여왕이 주라고 한 거야. 예쁜 구석에 자리 잡게 되면, 이걸 심으래. 우릴 생각하면서."

카를라는 대나무 씨앗이 든 작은 봉투를 받아 들었다.

"여왕 잘 보살피고."

"그럼, 당연하지. 이제 가야겠다." 시몬이 말했다.

카를라는 마지막으로 시몬을 껴안았다.

주세피나는 카를라의 눈을 지그시 바라보았다.

"부온 비아지오!(잘 다녀와!)"

"아, 나한테 그 말 해주는 걸 잊지 않은 사람이 한 명 있군!"

로잘리는 모험가를 꼭 껴안았다.

"우릴 잊지 마."

그들은 마치 세상 끝으로 떠나는 소중한 사람을 배웅하듯 그녀의 뒷모습에서 시선을 떼지 않았다. 그녀가 생각을 바꾸기를 희망하면서. 그러나 그런 일은 결코 일어나지 않을 것이다. 카를라가 뒤돌아보았다. 웃는다. 그리고 사라졌다.

시몬은 서툰 손짓으로 휴대폰을 눌렀다. 건물 5층에 남아 있는 어떤 이에게 카를라가 떠났음을 알리려는 것이다.

"됐어. 대나무 씨앗을 가지고 떠났으니. 이제 집으로 돌아가자."

세 여자가 공항을 가로질렀다. 위아래로 팔짱을 끼고. 미친 듯 빨리 걷는 주세피나의 리듬에 맞춰. 서로 떨어지지 못하던 두 사람을 그들은 잊었다. 수하물 초과 요금을 내지 않겠다고 버티는 승객의 비명 소리도 들리지 않는다. 대기실 의자에 주저앉아 있는 엄마들, 인형을 꼭 안고 있는 아이들, 노트북과 스마트폰에 딱 달라붙어 있는 어른들 한가운데를 그냥 지나갔다. 그들을 보지 않았다. 아무런 말도 하지 않았지만 서로 잡은 팔로, 생각으로 하나가 되어 있었다.

여자들은 작은 트럭 앞좌석에 모여 앉았다. 뒷좌석에는 조그만 원탁이며, 소파, 그림들이 쌓여 있다. 하지만 뒷좌석이 비었어도 셋은 다 함께 앞자리에 앉았을 것이다.

"카를라 언니 처음 왔을 때 기억나?"

"머리 뒤로 틀어 올리고, 빨간 선글라스 쓰고 있었어."

"큰 여행가방 하나랑."

"트라비아타는 생각 안 나? 앵무새 말이야."

"맞아!"

"장-피에르! 앵무새를 잡아 죽이곤 완전 자랑스러워했어."

"맞아!"

"온 동네가 카를라의 비명을 들었지. 수국 아래 트라비아타를 묻었고.

여왕은 여전했지. 자기 식으로 시를 지어서 화단 앞에서 낭송했잖아."

한 마리 새 날아간다

하늘과 구름

빛나는 봄

카를라는 그때 당장 떠나고 싶어 했다. 자기 여행가방과 텅 빈 새장을 가지고. 로잘리는 카를라의 이마 위에 오일을 떨어뜨리며 아유르베다식 마사지를 해줬고, 시몬은 달콤한 감자 베녜를 만들어주었다. 카를라가 가장 좋아하는 후식이었다. 그녀는 4년을 머물렀다. 그리고 한달 전, 인도로 떠나겠다고 말했고, 자신의 방을 쓸 사람도 구했다고 했다. 여자들은 걱정하지 않았다. 다들 카를라를 믿고 좋아했으니까.

"새로 오는 사람, 이름이 줄리엣이래."

"언제 온대?" 주세피나는 소리 톤을 높였다. "슥 들어왔다가 물만 흐리고 나가버리는 거 아니야? 애먹이지 말아야 할 텐데."

로잘리가 웃었다. "행복에 적응하기. 그게 모든 사람이 할 수 있는 건 아니지."

"쉬울 수도 있어. 너희가 있잖아. 덕분에 나에게 심각한 일은 생길 수가 없다고." 시몬이 응수했다.

"계단에서 비틀거리는 건 빼고." 주세피나가 시몬에게 눈짓을 주며 말했다.

"어쨌든 사랑의 슬픔을 위로하는 안식처에 들어오는 거야." 로잘리가 결론지었다.

다들 웃는다.

"천천히, 빨간 불이야!"

음악을 고른 건 주세피나다. 여자들은 트럭 창문을 열고 목청이 터져라 노래했다. 주세피나는 정확한 가사로, 두 여자는 대충 불렀다.

라 시아테미 칸타레(노래하세)

콘 라 시타라 인 마노(두 손에 기타를 쥐고)

라 시아테미 칸타레(노래하세)

소노 운 이탈리아노(나는 이탈리아 사람이라네)

포르트 드 바뇰레쯤 오자 교통 체증이 시작되어 차들이 느리게 움직였다. 여자들은 전혀 급할 것이 없다. 아이도 없고, 남편도 없고. 다만 장-피에르만.

"주세피나, 우리 언제 너희 나라 데려갈 거야?" 시몬이 물었다.

"음, 글쎄." 당사자는 앙탈하듯 했다.

"나 정말 시라쿠사 가보고 싶은데. 그 풍경!"

"음……."

"거기 더워." 로잘리가 타일렀다.

"그래, 내 트럭 타고 가지 뭐, 짐들 다 치워볼게." 주세피나가 결론을 내렸다.

시몬은 들떴다. "무임승차 한 명 더 가능하지?"

로잘리가 시몬의 팔 위에 손을 얹었다.

"디에고? 걔를 어디다 써먹겠어. 신처럼 잘생긴들 언니 아들을 납치할 수도 없고, 집에 데려갈 수도 없고."

"언닌 가끔 규칙을 잊어먹는 것 같단 말야." 주세피나가 말했다.

"그러게, 어떻게 그걸 잊어?"

"왜냐하면, 남자들, 그들과 나 사이에는 안전지대가 충분히 확보되어 있잖아."

"여왕이 시칠리아까지 우리랑 함께 가줄까?" 로잘리가 물었다.

"에이, 자기 대나무를 절대 떠나지 않을걸? 계단 하나도 내려오지 않잖아. 꼭 나가야 하는 날 아니면." 주세피나의 대답은 단호하다.

로잘리는 음악의 볼륨을 줄였다. 그리고 살짝 뾰로통하게 말했다. "꼭 대답할 필요 없는 질문들도 있는 법이야."

주세피나가 건물 현관 앞에 트럭을 세웠다. 셋은 모두 차에서 내렸다. 시몬은 커튼 뒤에서 자기들을 관찰하고 있는 이웃에게 아는 척을 했다.

"바르텔레미 씨는 여전하군. 딱 자기 자리에 있어."

"그분하고야 큰일 날 위험은 없지." 로잘리가 농담하듯 말했다.

갑자기 주세피나가 둘 앞에 탁 서더니 말했다.

"남자는 아무도 믿지 마! 애부터 할아버지까지."

2

"이런!"

"왜 그래?"

"계단을 헛디딜 뻔했어!"

"불 좀 켜봐."

"켠 거야."

칠흑처럼 어두운 계단 입구에서 서로 뒤엉킨다. 말도 많다.

"이번 달만 해도 세 번째 고장이야."

"왜 이래 자꾸?"

"트위터들이 열받았나?"

"그게 이거랑 무슨 상관이야?"

"여왕은 신경도 안 쓰이나 봐. 위에서 바흐 들려."

"여왕의 아이팟은 늘 배터리가 차 있잖아."

"아, 내게 필요한 건 배터리가 아냐! 공기야, 공기! 어떻게 해, 나 숨 막혀." 시몬이 애원했다.

"일단 앉아. 천천히 숨 쉬고. 배로, 복식 호흡을 해." 로잘리가 요가 선생답게 다독였다.

"현관에 손전등을 놔둬야겠어." 주세피나는 복식 호흡엔 관심이 없다.

"자, 파도를 생각해. 밀려왔다, 밀려가고. 천천히…… 내쉬고……."

"수리 기사 불렀어?"

"숨 들이쉬고…… 파도가 온다……."

"스읍…… 휴가래." 시몬은 호흡을 가다듬으면서도 꼬박꼬박 대답했다.

"자, 이젠 내쉬어봐. 파도가 다시 떠난다."

"딴 사람 찾긴 힘들겠지?"

"후우…… 파리를 다 뒤져도 여자 전기 기사가 또 있을까?"

여자들은 1층으로 가는 층계참에 붙어 있었다. 아름다운 로잘리는 만트라 주문을 외웠다. 주세피나가 거 이상한 것 좀 그만하라고 부탁했다. 시몬은 복식 호흡을 하면서 좋은 폭죽 하나만 있으면 전 세계를 진정시킬 수 있을 거라는 생각을 했다.

"히익, 장-피에르! 어휴, 깜짝 놀랐잖아!"

"장-피에르? 여긴 여자들만 있는 줄 알았는데요." 새로운 목소리가 등장했다.

"누가 하는 말이야?"

"카를라네 집에서 나온 것 같아."

"저예요, 줄리엣. 어제 저녁에 이사 왔어요. 장-피에르가 누구예요?"

"어제 저녁? 벌써?" 주세피나가 외쳤다.

"장-피에르, 이 건물에 사는 유일한 수컷이죠."

"걔가 퓨즈 좀 갈아주면 안 되나."

"걘 고양인데 무슨 상관이야. 어두워도 보일 텐데."

"장-피에르, 이리 와. 네가 내 침대에서 밤을 보내면 다들 날 질투할 거야."

"고양이라. 네가 아무리 귀여워도 절대 남자를 대신할 순 없지."

줄리엣의 말에 아주 잠깐의 침묵이 흘렀다.

"새로 오신 분, 카를라가 내부 규칙 알려줬어요?"

"대강은요."

"여기선 엄격해요! 남편도 안 되고, 애인도 안 되고, 배관공도 안 되고, 전기공도 안 돼요."

"피자 배달부도."

"남자는 안 돼!"

"남, 남자는 안 돼요?" 줄리엣이 더듬거렸다.

주세피나는 참을성이 다했다. "알아들었지? 안 돼. 자, 이제 우린 뭘 하지?"

"근데 이 지역이 다 정전된 거면 영화관은 어떻게 해?" 로잘리의 뜬금없는 질문.

"스크래블 게임도 촛불 켜고 해야겠네." 시몬이 이어받았다.

"그래, 그래도 언니 속이면 안 돼."

"안 속였어. 실력으로 이긴 거야."

"트리플 단어였지." 로잘리가 회상했다.

"우연이겠지만, 내가 이기는 데 네 도움이 제일 컸지."

"아주 둘이 죽이 척척 맞으셨군."

"주세피나, 너네 집으로 가자. 제일 가깝잖아."

여자들은 난간을 잡고 1층으로 움직였다.

시몬은 로잘리의 팔을 잡으며 고양이를 불렀다. "가자, 장-피에르."

"혼자도 괜찮죠, 줄리엣?"

줄리엣은 다섯 번째 계단에 그대로 주저앉았다.

'남자는 안 돼!'

3

독특한 곳이다. 바흐를 사랑하는 여왕. 얼굴 없는 목소리들과의 괴기한 첫 만남. 줄리엣은 다른 세입자들이 어떤 사람인지 아직 모른다. 불은 다시 들어오지 않았다. 그녀들은 스크래블을 하러 갔고, 줄리엣은 2층으로 돌아와 어둠 속에서 잠이 들었다.

처음부터 궁지에 몰렸는데, 줄리엣은 이곳에서 이상하게 커다란 평화를 느꼈다. 색이 다 바랜 벽돌 건물. 송악과 등나무로 뒤덮인 벽면. 잔뜩 꽃이 펴 있는 안뜰은 파리 20구의 전원주택 같은 느낌이 났다. 잘 보호된 작은 섬 같은 이 공간에서 새어나오는 고요. 시간은 정지한 것 같았고 걸음 속도는 자연스레 늦춰졌다. 하늘을 바라보게 만들었다. 새들의 노랫소리를 듣게 했다. '15'라는 숫자가 달린 철문을 미는데, 왠지 동작이 익숙했다. 데자뷔? 기시체험 같은 이런 느낌은 다음 날에도 또 왔다. 드디어, 좋은 곳에 온 것인가? 그녀가 살아야 할 곳은 여기였다. 다른 데가 아니라, 바로 여기.

여기 산 지 얼마 되지도 않았는데 왜 이런 확신이 들까? 어쩌면 벤치에서 본 나이 든 커플 때문일지 모른다. 마른 몸의 할머니가 힘들게 걷고 있었다. 줄리엣은 할머니의 팔을 부축했다. 남편인 듯한 할아버지는 손수건을 꺼내 부인이 앉을 자리를 닦았다. 두 사람은 거기, 그대로, 조용히 있었다. 이따금 남자는 이루 말할 수 없는 섬세함으로 여자의 새하얀 머리카락을 정돈해주었다.

올해는 수국이 좀 일찍 핀 것도 같다. 줄리엣은 항상 수국을 좋아했다. 철문을 열고 들어간 안쪽에는 포석 깔린 안뜰이 있었다. 그곳에는 큰 화단이 있고, 딸기꽃, 접시꽃, 그리고 좀 더 뒤로는 미묘하게 느낌이 변하는 인디고가 피어 있다. 인디고는 정말 특별한데, 파란색으로 피어난 꽃이 점점 분홍색으로 변하기 때문이다. 나무 문 위에는 뾰족한 귀를 한 작은 마귀가 조각되어 있었다. 마귀가 약올리듯 내민 혀 때문에 줄리엣은 웃음이 나왔다. 좀 더 가까이 가서 보니, 마녀였다. 그러니까 여자 마귀. 나무 문을 열고 들어간 입구에는 배나무 서랍장이 있고, 선명한 노랑 미나리아재비꽃이 가득 꽂힌 반투명 유리 화병도 있었다. 모든 게 누군가를 예찬하고 있다는 느낌이 들었다.

디테일도 정말 매력적이지만 이 큰 집에서 느껴지는 왠지 좋은 느낌은 너무나 낭만적인 사연에서 오는 것일 수도 있다. 열렬한 사랑에 빠진 이탈리아 남자가 여자에게 선물한 집. 그리고 어느 날 저녁, 그는 사라졌다.

　카를라는 줄리엣이 이 집에 살기로 결정한 후, 하나를 덧붙였다.

　"네가 차차 알아나가겠지만, 그곳 여자들은 다 매력적이야. 서로 아주 다르지. 우릴 하나로 묶어주는 건 같은 선택을 했다는 점이야. 우리 인생에 남자는 없어, 바로 그거야. 그게 우리한테 적절해."

　줄리엣은 '적절하다'라는 단어 선택이 적절하다고 생각했다.

4

　1층에 사는 주세피나 볼피노의 어릴 적 별명은 *코제타*. 지역 사투리로 '작은 것'이라는 뜻이다. 그녀는 결코 그렇게 불리길 원하지 않았다. 집 광고를 보고 문의했을 때, 여왕은 그녀에게 몇 가지 질문을 했다. 주세피나는 마치 모든 것을 다 비워내려는 사람처럼 자신의 이야기를 쉬지도 않고 했다. 담배를 너무 많이 피워 생채기가 난 목소리로 그녀는 왜 더는 자기 인생에 남자가 없을 것인지 설명했다.

　"*피니토! 바스타!*(이제 끝났어요! 충분해요!)"

　주세피나는 이탈리아 반도에서 300킬로미터는 족히 떨어진 시칠리아 섬의 고지대 칼타니세타에서 태어났다. 아버지와 세 형제가 있었고, 그 가족에겐 아주 좁고 깊은 골이 있었다. 바로 자기식 원칙. 그들이 행동하고 처신하는 유일한 방식. 자기 규칙과 자기 명예에 따른 강요. 그들의 동의 없이는 숨을 쉴 수도 없었다. 시칠리아 가족이란? 우노

폴포 콘 텐타콜리!(문어의 빨판!)

그들의 땅은 너무 척박해졌고, 볼피노 가문은 그동안 재배했던 포도나무와 올리브나무를 포기하고 프랑스 북부의 광산으로 일을 찾아 떠났다. 그러나 그들은 계속해서 시칠리아 사람처럼 살았다. 그들의 가장 소중한 무엇을 그렇게 보존했다. 그들식 정신.

아버지 마르첼로는 절대 웃지 않았다. 매일의 삶을 갱도에서 보내야 했으니 성격이 온화해질 수도 없었다. 그는 머리 위에 있는 수백 입방미터의 땅이 무너져 자신의 머리가 바닥에 으깨진 무화과 열매처럼 될까봐 무서웠다. 일이 끝나면, 여름이건 겨울이건 늘 머리에 그대로 광부 모자를 쓴 채 술집으로 갔다. 언제나 입을 다물고 있던 그는 결정을 할 때도 말이 없었다. 반대 의사를 표시할 때는 한쪽 눈썹을 다른 쪽 눈썹보다 높이 치켜세우면 그만이었다.

엄마는, 그 여자는, 심장만큼이나 꺼칠꺼칠한 몸을 가지고 있었다. 절대 앉지도 않고 해가 뜰 때부터 해가 질 때까지 쉬지 않고 일했다. 남자들의 시중을 들기 위해서. 그녀는 생각은 할 수 있었으나 침묵해야 할 의무가 있었다.

단 한 번. 저녁 식사가 끝나갈 무렵 그녀는 감히 표현을 했다. 그 자리엔 모두 있었다. 5년 동안 그녀가 낳은 자식 네 명 모두.

"나 나간다."

아버지는, 광부 모자가 제자리에 잘 있는지 만지작거리며 말했다.

"술꾼!"

엄마는 이를 악다물고 그렇게 웅얼댔다.

그러자 아버지는 끓는 물이 부글부글 밖으로 새어나오는 비알레티 모카포트를 집어 들더니 엄마의 얼굴을 향해 던졌다.

여름에는 덴 자국이 갈색 피부와 뒤섞여 안 보이는 듯해도, 겨울에는 젖가슴 위에서부터 파인 목까지 음영이 뚜렷하게 져 있었다.

집에선 모두가 그녀의 얼룩이 존재하지 않는 것처럼 행동했다. 그 일이 있었을 때, 주세피나는 어렸다. 하지만 40년이 지나서도 엄마 얼굴을 생각하면 눈빛에 어둠이 졌다.

그녀의 형제들인 티치아노, 안젤로, 파비오는 모두 닮았다. 포마드를 바른 검은 머리, 면도한 지는 오래 전이고, 벌어진 셔츠 사이로 털 몇 올이 비치고, 거기 줄에 매단 십자가 목걸이가 달려 있었다. 꽉 끼는 바지, 호주머니에 들어가 있는 손. 그들은 건들거리며 걸었다. 거만과 탐욕의 눈길로 여자들을 쳐다보았고 남자들은 원수 보듯 했다. 시칠리아인을 이탈리아인으로 보는 것은 모욕 중의 모욕이었다.

세 감시자는 어디를 가든 그녀를 따라다녔고 하루 종일 이 말을 반복했다.

"네쑤나 콘피덴차 콘 이 라가치!(남자들과 어떤 접촉도 금지!)"

그들 기준으로 여자아이는 밖에 나가도 안 되고, 술을 마셔도 안 되고, 담배를 피워서도 안 된다. 여자는 얌전히 있어야 한다. 주세피나가 남자애들과 만난 걸 들키는 날이면 그들은 그녀의 뺨을 휘갈겼다. 세 번, 형제들이 각각 한 번씩. 열네 살이 되자 그녀는 겨우 몸을 똑바로 할 수 있었다. 뺨이 불에 덴 듯 얼얼해도 울지 않았다. 그들을 똑바로 쳐다보았다.

✻

여왕이 제시하는 집세는 쌌다. 그러나 세입자가 되기 위해서는 주인의 마음에 들어야 했다. 곤충을 생각나게 할 만큼 말라비틀어진 몸, 산만하게 떨리는 다리로 절뚝거리며 걷는 여자의 이야기에서 뿜어져 나오는 강인함을 여왕은 높이 샀다. 검은 머리 속의 회색 머리칼 하나, 깊은 눈, 강렬한 시선. 주세피나는 한겨울에도 꽃무늬 스타킹을 신었고, 1950년대 실크 원피스를 입고 있었다. 그녀에게는 너무 큰, 낡고 긴 사슴 가죽 베스트 아래에. 그리고 편물로 뜬 끝이 어딘지 모를 긴 보라색 스카프를 치렁치렁 걸치고 있었다.

주세피나, 그녀는 '작은 것'의 반대였다. 매일 아침 다섯 시에 일어나 하늘 한 번 쳐다보지 않고, 입 모서리엔 작은 성벽 하나를 세우고 벼룩시장 가판대를 챙겨 자기 트럭에 올라탔다. 오래된 다락방들을 뒤지고 탐사했다.

 여왕은 망설일 것 없이 주세피나의 입주를 수락했다. 그리고 절대
후회하지 않았다.

5

여왕의 초대. 줄리엣은 꼭대기 층으로 향했다. 계단을 오를수록 매미 울음소리 같은 게 들려왔다. 그녀의 얼굴에 미소가 떠올랐다.

5층 층계참 벽에는, 벌레 먹은 낡은 포스터가 붙어 있었다. 하얀 발레용 스커트를 입고 발끝으로 걷고 있는 아주 매력적인 발레리나. 하단에는 '로열 오페라, 〈코펠리아〉, 스텔라, 1972년 12월 16일'이라고 쓰여 있었다.

"난 너무 봐서, 거기에 붙여놨지."

줄리엣이 고개를 돌렸다. 포스터의 여자가 거기에, 문틀에 몸을 기대고 서 있었다. 우아하고 호리호리한 몸.

'아, 여왕이다!'

꼿꼿한 등, 낮은 어깨, 10시 10분을 가리키는 두 다리, 발레화, 완벽하게 재단된 청회색 바지, 진주색 캐시미어 스웨터. 뒤로 묶어 올린 회색 머리 덕분에 여전히 완벽한 달걀 모양의 얼굴이 더욱 도드라졌다. 우아함과 단순함, 믿기 어려운 자수정 빛깔이 눈에서 뿜어져 나왔다. 그녀의 존재 자체가 압도적이었다.

75세, 이 빛나던 발레리나는 그날 저녁 스톡홀름에서의 갈채를 결코 잊지 못했다. 사람들은 서서 12분간이나 박수를 쳤고, 발코니에는 스웨덴 왕실 가문이 와 있었으며, 수많은 꽃다발이 무대로 던져졌다. 공연 후, 왕의 사촌이 무대 뒤 분장실에 와서 그녀에게 말했다. "정말 특별한 순간이었습니다. 당신은 이 세상에서 가장 아름다운 발레리나입니다."

세상에서 가장 아름다운 발레리나는 그녀의 새로운 세입자를 바라보았다. 두터운 적갈색 곱슬머리 아래서 빛나는 부드러운 얼굴, 여러 색의 물방울무늬 원피스 안에 감춰진 매력적이고 포동포동한 싱그러운 몸. 줄리엣의 푸른 눈은 황금빛 조명 아래서 더욱 빛났다.

"매미 소리 들린다고 놀라지 말아요. 여름이 그립군. 더운 열기, 라벤다, 모래 위의 내 벗은 몸."

'히유, 카를라의 설명이 좀 부족했던 것 같은데.'

"들어와요. 문 닫고."

자기 아이팟을 보여주며 여왕은 이어 말했다.

"이 작은 물건이 정말 대단하죠. 여기에 매미는 없어요. 아주 멀리

사는 내 남동생 웃음소리죠. 내가 태어난 생 트랄리 마을의 종소리고. 우리 집에서 5월부터 노래만 하는 나이팅게일이에요. 이건 갈매기들, 그리고 쏟아지는 박수갈채."

줄리엣은 살롱 두 벽면에 커다란 창이 나 있는 것을 보고 깜짝 놀랐다. 하늘 한가운데로 걸어들어온 기분이다.

"나의 왕국에 온 걸 환영해요!"

줄리엣은 그녀가 정말 부럽다는 듯한 표정을 보였고, 여왕은 촘촘하고 부드러운 붉은 비로드 천이 씌워진 큰 소파에 앉아 자기 옆에 앉으라는 손짓을 했다. 두터운 유리판이 깔린 낮은 탁자 위에 둥근 화병이 놓여 있었고, 약간 파리한 분홍빛 작약이 밖으로 흘러넘칠 정도로 꽂혀 있었다. 바닥에는 무수한 꽃잎들이 널려 있었다. 거울처럼 비치는 쟁반 위에 두 개의 터키옥 유리잔과 물병이 놓여 있고, 물병 안에는 달콤한 냄새가 나는 주스가 가득 들어 있었다. 옆에는 작은 레몬 조각들이 박힌 파이와 탑처럼 쌓아놓은 마카롱이 있었다.

'내가 하나만 집어 들어도 다 무너질 것 같아.'

"아가씨, 남자 친구가 없어요?"

'당분간은요. 아니 어쩌면 앞으로 좀 많이 더.'

"의무적으로 여기 살아야겠군. 남자들은 이 집 철문 앞에서 멈춰야만 하지."

'밤에 문자를 하는 건 괜찮나요?'

여왕의 카리스마와 이 집의 바른 생활 행동지침은 줄리엣을 침묵하게 만들었다. 그녀는 살 곳이 필요하다. 그렇지만 여왕에게 거짓말하고 싶지는 않다.

"그런데 막스가 있어요. 제 가장 친한 친구예요."

여왕이 그녀의 말을 잘랐다. "내 집에서는 어떤 남자도 안 돼. 어떤 특례도 없어. 하지만 도시는 넓지!"

'〈이상한 나라의 앨리스〉에 나오는 하트 여왕처럼 명령에 복종하지 않는 사람들 머리를 베어낼까?'

"아가씨는 뭘 하나요?"

"저는 영화를 편집해요."

"영화? 어떤?"

"지금은 여러 영화에서 다양한 장면들을 따와 연결시키는 작업을 해요. 회고전 같은 거죠."

여왕은 병을 들어 잔 하나를 채웠다. 고개를 들고, 줄리엣의 얼굴을 가만히 들여다본다. 두 번째 잔을 채우고, 병을 다시 놓기 전 물었다.

"어떻게 고르지? 장면들을?"

"감정을 따라가죠. 그러면 된다고 생각하고 있어요."

두 여자는 서로를 쳐다보았다.

"절 감동시키는 장면들은, 다시 봐도 절대 지겹지 않아요. 가령 자비에 보브아 감독의 〈신과 인간〉, 보셨어요?"

"세 번!"

'미치겠다! 난 지금 배즙을 마시고 있어. 구름 속에서, 내 머리를 날려버릴지도 모르는, 영화에 미친 여왕이랑!'

"그 장면 아시죠? 차이코프스키 음악에 맞추어, 카메라가 삶을 포기하기로 결정한 수도사들 얼굴을 하나하나 쓸어가잖아요."

"티-라라라라, 티라라-, 티라- 티라-라라라. '백조의 호수'지."

여왕은 훨훨 나는 나비처럼 자기 손을 뱅글뱅글 돌렸다. 마치 지금 이곳에서 발레의 모든 동작을 되살리는 것처럼. 줄리엣은 그 손에서 눈을 떼지 않았다.

'내가 그 영화를 다시 보면 이 순간을 떠올리게 될 거야.'

여왕은 조용해졌다, 현실로 돌아온다.

"가장 좋아하는 장면은?"

"로베르 앙리코의 〈낡은 총〉에서 클라라와 쥘리앵이 카페에서 만나는 장면이요." 그녀의 목소리엔 일말의 주저함도 없다.

"나 그들 대사가 생각이 안 나는데."

줄리엣은 목소리에 변화를 주며 두 사람의 대화 장면을 연기했다.

클라라를 연기할 때는 밝은 목소리로, 쥘리앵을 연기할 때는 굵은 목소리로.

클라라: 무슨 일을 하시죠?

쥘리앵: 의사예요. 당신은요? 뭘 하시죠?

클라라: 저요? 아무것도.

쥘리앵: 전혀 아무것도?

클라라: 그러니까, 해보려고는 했죠. 쉽지 않더군요. 당신은요?

쥘리앵: 당신을 사랑합니다.

줄리엣은 테라스 쪽으로 시선을 돌렸다. 살롱이 연장된 하나의 정원 같았다.

"저 항아리와 대나무들! 정말 멋져요."

"내 긍지이자 강박이지."

"강박이요?"

"꽃을 기다려."

"꽃……?"

"127년마다, 몇몇 사람에게만 찾아오는 아주 유일한 순간이지. 세계 곳곳의 모든 대나무들이 동시에 꽃을 피워. 어디 있든, 언제 심어졌든 상관없이. 그리고 얼마 있으면, 지쳐 죽지. 모두가 동시에. 만일 그날 바람이 불면, 대나무들이 우는 소리를 듣게 될 거야."

"식물학자이기도 하세요?"

여왕은 웃음을 터뜨렸다.

"있잖아, 식물들은, 인간들보다 더 놀라워. 휘발성의 화학 분자들을 통해 자기들끼리 서로 소통하지."

"그래서 집단 자살을 하는 건가요?"

"아니, 그것보다는 유전자적 기억 형태지. 모든 수컷 종들은 유전자적으로 대나무와 같아. 수컷들은 자신의 영혼을 모든 곳에 동시에 있게 만들지."

여왕의 목소리가 갑자기 관능적으로 변했다.

"남자들은 여성의 삶 속에 많이 있어야지. 천 명의 남자, 천 개의 섬광."

'천 명? 다들 어디 숨어 있는 거야.'

"당신에게 이 집을 선물한 남자는……."

"이미 알고 있군."

"카를라가 말해줬어요. 죄송해요, 저도 모르게……."

여왕은 다시 이야기가 이어지기 전 잠시 침묵이 자리 잡게 내버려 두었다.

"파비오. 내게 이 집을 준 건 파비오야. 지금도 그 사람 목소리가 들려. '당신을 보호해줄 곳으로 만들어. *미 아모레.*' 파트너와 함께, 넘어지지 않고, 같은 안무로 매일 춤출 수 있는 건 무대 위밖에 없지. 인생은, 훨씬 위험하지."

여왕이 일어났다. 피루엣을 그린다. 곧게 세운 디딤 발, 우아하게 주변을 도는 아름다운 아치. 그녀의 발이 꽃들을 스쳤다. 작약의 마지막 꽃잎들이 날아오른다.

줄리엣은 감탄하며 그녀를 보았다.

여왕은 얼굴을 보이지 않기 위해 줄리엣에게서 등을 돌렸다. 그녀의 얼굴 위에 고통이 드러났다. 늘 허리가 말썽이다. 작은 소파에 가서 앉았다. 두 개의 접시 위에 레몬 파이를 하나씩 놓았다. 창문에서 쏟아지는 빛이 여왕을 둘러쌌다. 종교적이기까지 한 아우라.

'아름다워, 모든 몸짓들이.'

"사랑, 그건 허공에 몸을 던지는 거야." 여왕이 속삭였다. "남자들은 어지럼증이 있어. 그래서 엄마에게, 자식들에게, 아니면 애용품에게 달라붙는 거야. 앙리가 생각나는군……."

줄리엣은 여왕의 비밀을 하나도 놓치지 않기 위해 그녀가 앉아 있는 소파 가까이로 움직였다.

"그 사람은 예순둘이었어. 열정을 말할 때 그의 눈은 반짝였어. 그의 집은, 그 아파트의 살롱이며 모든 공간이 열정으로 가득 찼지. 격렬한 전기 불꽃처럼!"

'오리엔트 특급 열차, 그리고 한 남자! 반짝반짝 윤이 나는 아카주 나무 객실. 머리맡 작은 탁자 램프에서는 빛들이 체로 친 듯 새어나오고, 풀 먹인 하얀 침대 시트. 이스탄불과 상트 페테르부르크 사이에서 사랑을 나누는 두 사람!'

"그는 한 해를 온통 그 순간을 기다리며 지냈어. 암스테르담으로 특별한 수집품을 사러 가는 거지. 남자들은 죽음에 대한 불안과 싸우기 위해 수집을 하는 거야. 아직도 어딘가에서 사야 할 우표 세 장이 있으면, 증기 기관차가 있으면, 죽을 수가 없는 거야."

'왜 그녀는 나한테 이런 이야기를 하는 거지? 심심한가? 들어주는 사람이 없나?'

"여자들, 여자들도 수집하잖아요?"

"여자들은 아주 드물게 수집하지. 나는, 나는 말이야, 남자들을 수집했어."

'위대한 여왕과 그녀의 하루살이 연인들.'

줄리엣은 미소를 띠며 대답했다.

"전, 마르틴 그림책을 수집했어요.《바닷가에 간 마르틴》,《시골에 간 마르틴》……."

"마르틴…… 마르틴은 내겐 너무 착하고 얌전해."

여왕은 쪽진 뒷머리를 다시 정리했다. 줄리엣의 시선이 양피지처럼 구겨져 있는 그녀의 손으로 갔다.

'섬세하고, 아름답고, 윤기가 돌지만…… 애틋해.'

"천 명의 남자, 하나의 섬광. 모두가 나를 미친 듯 사랑했지. 단 한 번 있을, 정말 유일무이한 신혼여행을 떠나기 전 궁은 환하게 불을 밝히고."

'아! 그래서 여왕이구나! 교미 후에는 수벌들을 다 죽여버리는!'

"문제는, 나에게 장미 바구니, 보석 바구니를 준 사람이 열 명의 남자였다는 거지. 선택을 해야 했어. 나는 나타났어. 사라졌어. 들었어. 보았어. 남자들을 관찰하는 것도 재밌더군."

"사랑은……" 줄리엣이 말했다. "그건 일상의 작은 것들이기도 해요. 둘이 시장을 가고, 요리를 하고, 매일 저녁 오늘 있었던 일들을 이야기하고."

"네가 말하는 사랑, 그건 집요한 여행이지. 진정한 사랑, 그건 야생적인 거야. 그건 가꾸고 재배하는 정원이 아니야."

한 마리 뒤영벌이 방 안으로 들어와 창틀 위에 살포시 앉았다. 여왕이 일어섰다. 두 손가락 사이에 그 벌을 부드럽게 잡고는, 다른 손바닥에 놓았다. 그리고 손을 조용히 접었다. 여왕은 창문을 열고 잠시 멈췄다가 손을 폈다.

'오늘의 특별 사면!'

"나는 그들을 위해 소용돌이를 돌았어. 그리고 남자들의 눈이 빛나는 것을 보았지. 마치 내가 춤추는 것을 처음 보았을 때 우리 아버지의 눈이 그랬던 것처럼."

줄리엣의 얼굴이 어두워졌다.

여왕은 카를라가 해준 이야기를 떠올렸다. '부러진 팔' 이야기. 열 살 때 줄리엣은 아빠와 엄마의 관심을 받기 위해 가짜 기브스를 만든 적이 있다. 그걸 8일이나 하고 있었다. 그러나 줄리엣의 부모는 전혀 알아차리지 못했다.

줄리엣은 갑작스런 동작으로 마카롱을 잡았다. 더미가 무너졌다.

여왕은 이 젊은 아가씨의 동요를 살폈다. 일어나 그녀의 뺨을 어루만져주고는, 천천히 테라스로 걸어갔다.

여왕은 젊고, 아름답고, 뭇 사랑을 받던 자신을 다시 떠올렸다.

"나는 내 추억과 함께 살아. 안뜰 끝에 있는 철책은 내 방화벽이지."

'대단해, 여왕은 아직도 남자를 유혹할 수 있을 거야.'

여왕은 줄리엣에게 등을 돌렸다. 그렇게 가만히 있었다, 대나무에 시선을 고정한 채.

"그만 가봐. 가는 길 알지?"

6

'그만 가봐.'

줄리엣은 계단에 앉았다. 눈을 감는다.

……여덟 살 여름. 에트르타에서의 바캉스. 그녀의 부모는 그녀에게 유익한 하루를 위해, 그녀의 편안함을 위해 그녀를 펭귄 클럽에 맡긴다고 했다. 그들은 그렇게 말했다.

셋. 그들은 그 숫자를 좋아하지 않았다.

소녀는 딱 한 가지를 원했다. 그들을 따라가는 것, 그들 한가운데서 걷는 것. 다 같이 손을 잡고.

'나도 데려가. 얌전히 있을게.'

비가 내렸고 아이들이 많이 있었다. 몇몇 큰 아이들은 트램펄린을

뛰러 갔다. 좀 덜 무모한 애들은, 좀 더 소심한 애들은 그냥 안에 있었다. 날개를 파닥거리며 쨱쨱대는 참새들로 가득한 새장. 어두운 구석에 앉아 줄리엣은 그걸 보았다. 그걸 보고 있자니 학교, 운동장, 아무 이야기나 떠들어대던 여자애들이 생각났다.

'그 애들의 입술은 거짓말을 내뱉었어. 최악은 엘로디지. "아침에 우리 엄마가 날 깨우려고 이불 밑으로 들어와서는 깃털로 내 뺨을 간질간질 하면서 노래를 불러줬어." 멍청이! 난 혼자 일어나. 난 다 컸거든. 난 알아. 내가 한 번도 케이크 촛불을 불지 않았어도 말이야. 엘로디와 여자애들. 순 거짓말쟁이들. 자기들 엄마한테서 좋은 냄새가 난대. 자기를 부를 때 "오, 공주님, 오, 내 아기, 오, 내 귀염둥이!" 막 이런대. 거짓말쟁이들 같으니라고. 그 할망구에 그 계집애들이야. 다 지옥에나 가버려! 난 엄마 치맛자락에서 향기 한 번 맡아본 적 없어. 그럴 시간도 없지. 엄마는 내 옆에 오면 항상 너무 빨리 가버리니까. 학교식당에서 일하는 지젤한테 사람들이 그랬던 것처럼. 지젤 얼굴에는 수두 종기가 가득했지.'

펭귄 클럽의 모두가 놀이를 멈췄다. 어떤 애들은 비스킷 상자를 열고, 어떤 애들은 달콤한 갈레트를 꺼냈다. 아님 과자 한 조각, 아주 귀엽게 포장된 앙증맞은 과자. 그녀는 아무것도 없었다. 그녀의 부모는 그런 건 생각하지도 않았다.

'나 배고파! 나 배고파! 나 배고파!'

줄무늬 멜빵바지를 입은 작은 금발 머리 여자애가 줄리엣에게 사과 하나를 건넸다. 줄리엣은 입술을 깨물었다. 눈썹을 씰룩거리며 그래, 라고 말하려는데, 잘 안 됐다. 고개를 떨궜다.

간식 시간 후, 모든 아이들이 모여 앉았다. 아이들은 색종이를 오리고 붙였다. 색종이는 신기한 동물이 되었다. 예쁜 꽃이 되었다. 놀이를 끝낸 아이들은 노래하며 정리했다. 줄리엣에게는 같이 놀자고 물어보지도 않았다.

'아무도 날 안 봐. 난 투명인간이야.'

하나 둘, 아이들이 갔다. 엄마아빠가 찾으러 왔다. "저녁에 피자 파티하자! 저녁에 야시장 가자!" 엄마아빠들은 멋진 계획을 알렸다. 오후 다섯 시 반, 아이들은 모두 떠났다. 새장은 조용하다. 짹짹거리는 참새 한 마리 없다. 장난감들은 다 서랍장에 들어가 있다. 줄리엣만 남았다. 텅 빈 커다란 공간. 5시 45분……. 6시…….

'도빌의 미키 클럽에서도 그랬어. 투케의 돌고래 클럽에서도 그랬어. 아르카숑의 선원 클럽에서도 그랬어. 울면 안 돼. 아님 터질 거야.'

감독관 페피타가 벽에 걸린 괘종시계를 뚫어져라 쳐다봤다. 줄리엣의 부모들도 외출 준비할 때 꼭 그런다. 페피타의 시선은 줄리엣과 괘종시계 사이를 왔다 갔다 했다.

'아마 이번엔 돌아오지 않을지도 몰라.'

줄리엣은 머리가 빙빙 돌았다. 엄지와 검지를 맞붙이고 문질렀다. 점점 더 세게.

'아까 사과 주려고 했던 애한테 같이 걔네 집에 가자고 말해볼 걸 그랬나? 부모가 살아 있어도 입양이 될 수 있을까?'

6시 반……. 7시……. 아무도 오지 않는다! 페피타는 더 참지 못하고 명단에서 이름과 전화번호를 찾았다. 없다. 주소도 주지 않았다.

'다들 나를 "쉬이잇!"이라고 불러. 정말 못됐어. 하지만 그렇게라도 불러주는 게 나아. 어쨌든 소리가 나니까. 침묵은 거대해. 추워. 그게 나한테 밀려오면 아파. 그래서 크게 소릴 질러봐. "누구 없어요?" 하지만 소리는 안에 처박혀 있지. 이기는 건 항상 침묵이야.'

페피타는 다 들리도록 혼잣말을 했다.

"영화관에 늦겠어. 그이는 기다리는 거 싫어하는데. 오늘 데이트 다 망치겠네."

'저 언니가 나한테 어떻게 할까? 날 어디다 갖다 놓을까? 영화관 매표소에? 경찰서에?'

페피타는 잰걸음으로 계속 움직였다. 창문, 괘종시계, 문, 명단, 줄리엣, 그리고 다시 시작. 그녀의 높게 묶은 갈색 머리카락이 사방으로 휘날렸다. 줄리엣은 그녀의 두 다리를 붙잡고 싶었다. 그만 좀 움직이란 말이야! 페피타는 갑자기 걸음과 독백을 멈추더니 줄리엣 앞에 멈춰 서서 소리를 질렀다.

"그만 가야지! 너희 부모 어딨어?"

줄리엣은 모른다. 어디로 가는지 그들은 한 번도 말해준 적이 없다.

'난 예쁘지 않아. 엄마아빠가 날 데리고 다닐 만큼 말이야. 나는 자기들 예쁜 옷에 묻은 더러운 얼룩 같은 거야. 둘은 아주 깨끗하니까.'

페피타의 심문을 멈추게 하기 위해 줄리엣은 호텔을, 아주 큰 호텔을, 전망에 바다가 있는 호텔을 그렸다. 페피타는 얼른 전화기로 뛰어갔다.

"야, 꼬맹이, 빨리 움직여……"

그녀는 가방에서 손가방을 꺼내더니 눈썹에 뭘 바르고, 또 입술에 립스틱을 바르고, 거울을 봤다.

'색들 참 예쁘다. 난…… 아냐, 엄마아빠는 날 지우고 싶어 해. 둘은 나 없이 잘 살겠지. 난 둘이 걱정하는 것 중 제일 마지막의 마지막 거니까.'

줄리엣은 유리창에 딱 달라붙었다.

'화장하고 나면 곧 가버리겠지? 그럼 아무도 없을 거야. 침묵과 나. 그뿐.'

차가 주차하는 소리가 들렸다. 닫혀 있는 자동차 문. 그녀는 숨쉬기를 멈췄다. 그리고 엄마의 높은 굽에서 나는 또각또각 소리를 들었다.

엄마는 항상 다리를 길게 뻗고 예쁘게 걷는다. 새가 높은 나뭇가지에 앉아 지저귀듯, 엄마의 고음이 아빠의 저음에 대답했다. 줄리엣의 심장이 북 소리를 내며 마구 뛰었다.

'날 데리러 왔어……'

창문을 통해 엄마의 목에 몸을 기울이고 있는 아빠가 보였다. 엄마의 귀에다 대고 뭐라 속삭이며 엄마를 물고 뜯고 했다. 둘은 근사하다. 아빠는 하늘색 셔츠를 입었고 셔츠 사이로 그을린 가슴이 보였다. 엄마는 움직일 때마다 물결이 흔들리는 것 같은 찰랑찰랑한 드레스를 입었다.

'영화배우 같다.'

그들은 비누거품처럼 바글바글 웃으며 들어왔다. 줄리엣은 그들을 향해 달려갔다.

"조심해! 내 드레스 더러워져!"

"그래, 재밌게 놀았어?"

"너무 길었어."

"어휴, 넌 늘 과장이 심해."

"날 잊어버린 줄 알았어."

"쉬이잇!"

페피타는 초조했다.

"제 업무는 여섯 시 반에 끝나요. 전 베이비시터가 아니에요."

줄리엣의 엄마아빠는 서로 키스했다.

페피타는 그런 그들에게 분노의 시선을 던졌다.

줄리엣은 아름다운 엄마 얼굴에 감탄했다.

'아마 언젠간 엄마가 날 안아줄 거야.'

"자, 가자. 이럴 시간 없어. 레스토랑에 늦겠어. 널 호텔에 데려다 놓고 또 가봐야 해."

"나 배고파. 다른 애들은 다 간식 먹었어."

"쉬이잇!"

영화배우들이 아주 낮은 소리로 속삭이며 그녀 앞을 걸어갔다.

"펭귄 클럽 생각나니?"

줄리엣의 부모는 자주 그때 일을 끄집어냈다. 마치 재미난 농담하듯. 그들을 이어주는 추억처럼. 그들은 그토록 여러 번, 그토록 많은 장소에서 그 아이를 잊었는데.

줄리엣은 다 기억한다. 세세한 것까지. 그들은 거기 그대로 있다, 그녀 머릿속에서 나가지 않고, 녹슨 채. 그날 이후부터 그녀는 항상 초콜릿을 가지고 다닌다.

'설탕 과자처럼 사랑을 저장할 수 있을까?'

줄리엣은 여왕의 문을 두드리고 싶었다. 이 기억을 이야기하고 싶었다. 그녀는 포스터를 바라보았다. 일어나 2층으로 내려갔다. 얼굴에 찬 물을 적시고, 부드러운 초콜릿 한 알을 삼켰다.

7

줄리엣은 철문을 닫아 잠갔다. 골목 맞은편 2층 창문에 커튼 하나가 젖혀 있고, 그 사이에서 누군가의 실루엣이 보였다. 줄리엣의 시선이 닿자 실루엣이 멀어지면서 커튼이 내려왔다.

일찍 찾아온 봄, 예기치 않은 열기로 뒤덮인 골목길을 무심히 걸었다. 사람들이 수다를 떨며 지나갔다. 팔 밑에 바게트를 끼고서 도란도란 이야기를 나누는 사람들. 줄리엣은 카를라가 이 집에 와서 살 것을 제안하면서 해준 이야기를 떠올렸다.

두 사람은 루이 뤼미에르 영화 학교에서 만났다. 카를라는 사무 조교였고, 줄리엣은 졸업반이었다. 카를라는 졸업 작품 상영 때 복도에 앉아 울고 있는 줄리엣을 보았다. 모든 졸업생의 부모님이 와 있었다. 줄리엣의 부모만 빼고. 카를라는 뺨 한가운데 마스카라 자국이 흐르도록 울고 있는 예쁘장하게 생긴 아이가 가여웠다. 그녀가 느끼는 슬픔에 적잖이 마음이 아팠다. 그들은 학기가 끝날 때까지 자주 대화를 나눴다. 시네마테크에서 뜻밖에 마주치기도 했다. 카를라는 이미 여러 달 인도에 가 있기로 결심한 상황이라 그녀의 아파트는 비게 될 터였다. 그 문제를 논의하려 둘은 약속을 잡았다.

"오른쪽 길 끝에 이르면 슈 드 브뤼셀이 있어. 식료품 가게지. 거긴 니콜과 모니크의 구역이야. 호박, 명아주 등 모든 종류의 야채 씨앗들, 특히 세상의 온갖 배추들이 다 있어. 로마네스코, 비올렛, 루즈, 베르, 쉬누아……. 그 집은 못 보고 지나칠 수가 없어. 그들은 다다(dada)야. 거기서 좀 더 가면, 서점이 보여. 나무로 된 낡은 책장이 있는. 그 서점은 마르셀이 하는 거야. 시인이지! 그곳엔 정말 가슴 뛰는 온갖 장르가 다 있어. 그 사람은 믿어도 돼. 그 옆에 꽃집이 있어. 일본식 부케도 많아. 문 앞에서 서로 수다 떠는 것도 자주 보게 될 거야."

카를라는 계속해서 이야기를 해줬고, 줄리엣은 테이블 위에 열쇠를 놓은 채 커피를 마셨다.

"더 내려가면 치즈 가게가 있어. 난 절대 안 가지만. 거긴 가격을 소수점 아래까지 찍어. 2.99유로, 이런 식으로. 좀 심해. 난 절대 그렇게 못할 거야. 그리고 그 왼쪽에 르로이 형제가 하는 철물점이 있어. 늘 작업용 회색 앞치마를 입고 있지. 옛날식으로. 네가 그 가게 앞을 지나가면 반

드시 손짓할 거야. 그런데 네가 그 가게에 들어가고 나면 너한테 뭘 줘야 하는지 깜박 잊을걸. 뉴스 이야기하는 걸 더 좋아하거든. 뉴질랜드한테 완패했다느니, 국회의원이 와서 집게를 사갔다느니, 투표를 해야 한다느니."

카를라의 이야기가 멈추지 않자, 줄리엣은 커피 한 잔을 더 주문했다.

"광장 건너편에는 구두 수선집이 있어. 거기 주인이 진짜 황금손이래. 나는 아직 안 가봤어. 크리스티앙 정육점에 가면 긴 의자가 있어. 누구나 앉아서 얘길 하지. 크리스티앙은 모르는 사람이 없어. 하루는 자크를 소개해줄 거고, 또 하루는 자크가 너에게 에르베를 소개해줄 거야. 에르베는 부동산 업자야. 쉰인데 아직 자기 아버지랑 어머니랑 여동생이랑 살아. 그들은 항상 같이 움직여. 센투리 가문이지. 줄을 서서 걸어가. 에르베가 맨 앞에, 맨 마지막에는 여동생의 하얀 복슬개가."

그녀의 생생한 묘사에 매혹된 줄리엣은 카를라의 제안을 받아들였다. 카를라가 덧붙였다. "너한테 편지할게." 모든 것은 이렇게 빨리 진행되었다. 당시 줄리엣은 집이 꼭 필요했다. 새로운 방을 몇 달째 살폈지만 어떤 것도 찾지 못한 상태였다. 그 건물 여자들에 대해서는 아무것도 몰랐다. 그녀들이 사랑을 포기한 사람이라는 것도.

줄리엣은 계속 걸었다. 스쿠터를 타고 가는 한 남자가 그녀의 시야에 잡혔다. 그는 속도를 늦추더니 멈췄다. 스쿠터에서 내려섰다. 꽉 낀 청바지 때문에, 주조된 것 같은 둥그렇고 완벽한 엉덩이가 그대로 눈에 감지되었다.

'와우! 동네에 남자가 없는 건 아니네.'

그녀는 콧노래를 부르며 가벼운 걸음으로 슈 드 브뤼셀로 들어갔다.

"안녕하세요. 골든 사과 세 개하고 당근 한 다발 주세요. 이파리는 말고요."

"골든 사과가 지금은 철이 아니에요. 보스콥 사과로 가져가요." 모니크가 불평하듯 말했다.

"당근은 낭트 거예요. 에샬로트랑 렌즈도 맛있어요. 야채 줄기들도 챙겨 가요. 완전 비타민 덩어리니까. 브로콜리도 줄게요. 먹어봐요." 니콜이 상냥하게 말하며 이것저것 담아 주었다.

줄리엣의 등 뒤에서 누군가 속삭이는 소리가 들렸다.

"이 동네에 새로 이사 왔나 봐요."

줄리엣은 뒤를 돌아보았다. 슬리퍼 차림에, 얼굴은 창백하고 뺨은 분홍빛이고, 두꺼운 면바지, 체크무늬 셔츠 위에 소매 없는 외투를 입은 노인이 그녀를 뚫어지게 쳐다보고 있었다. 왼손에는 꽃바구니를 들고.

'길에서 날 쫓아온 유일한 남자가 검은 펠트 슬리퍼를 신은 150살 먹은 할아버지라니!'

"그 아파트에서 나오는 걸 봤지."

"여행 중인 친구 집에 당분간 들어와 있어요."

"아, 그럼 당신도 그 종파의 일원이오?"

'일단 지금은 그렇죠.'

"전에는, 아주 오래 전에는 남자들이 있었어. 이젠 아무도 없지만. 아마 그 여자가 남자들을 다 죽였을 거야."

'엑, 험담치곤 꽤 고약하군.'

"당신이 시장 보는 동안 전기 수리공 차가 도착했소."

"아, 기다리고 있었어요."

"그 차에서도 여자가 내리더군."

줄리엣은 철문을 열고 안뜰에 들어섰다. 철로 된 작은 테이블과 의자를 보니 잠시라도 앉고 싶어졌다. 뜰에서 감미로운 공기를 맛보고 싶었다. 의자에 앉아 신발을 벗었다. 당장 발가락이 부채처럼 펴지면서 마침내 자유를 되찾았다. 동네 첫 산책인데, 너무 불편한 신발을 신었다. 줄리엣은 모든 종류의 신발을 갖고 있었지만, 제일 좋아하는 건 현기증이 날 만큼 높은 굽의 섬세한 샌들이다. 다리가 길어 보인다. 여배우들이 신는 거 비슷하다. 안다, 발이 힘들어 한다는 것을. 미친 짓이다. 하지만 중요한 일이나 특별한 약속이 있을 때면 너무 긴장돼서 더 강해 보이는 높은 힐을 신게 됐다. 가방에는 가벼운 분홍색 플립플랍을 가지고 다녔다. 엄지와 검지 발가락 사이에 착 끼워 넣으면 정말 편안하다. 높은 힐이 너무 힘들 때면 꺼내 신었다.

줄리엣은 비닐봉지 속에 들어 있는 과육 많은 사과를 집었다. 가디건 소매에 문질러 이빨로 꽉 베어 물었다. 스쿠터를 타고 가던 남자의 엉덩이를 생각하며.

'복스콥 사과가 골드 사과보다 더 포동포동하네?'

갑자기 뚱뚱한 고양이가 슉 하고 나타났다. 짧은 다리, 두껍고 짙은 갈색 털, 화려한 꼬리, 호박색 눈이 거대한 수국에서 툭 솟아올라 메마른 울음소리를 냈다. 작은 사자! 녀석, 정복자인 양 뜰을 가로질렀다.

이 건물의 유일한 남자, 장-피에르. 이런 이름을 고양이에게 지어준 게 누군지 궁금하다.

줄리엣은 등나무로 뒤덮인 건물을 바라보았다.

'카를라가 그랬지. "우린 선택했어. 우리 인생에 남자는 없어!" 정말 대단하다. 엄청난 말이야. 왜? 미친 건가? 수녀들인가? 내가 지금 수도원에 와 있나? 내 머리 위에 누가 하얀 두건을 씌워줄까? …… 뭘 쓰기에 좋은 두상이 아닌데…… 그건 엄마가 더 잘 어울리는데…… 높은 하이힐을 신고 말이야. 남자의 한 손에 쏙 들어가는 여자의 발…… 아름답지. 남자의 목소리…… 남자 웃음소리 없는 집……. 여긴 욕실에 남자 양말도 없어!'

3층 창문이 열렸다. 소년처럼 자른 회색 머리 하나가 나타났다.

'저 사람도 여자겠지, 분명.'

회색 머리의 손에는 분무기가 들려 있다. 꽃의 목을 축이며 꽃들에게 말을 걸었다. 그녀의 시선이 줄리엣에게 닿았다. 웃으며 아는 척을 한다. 시몬이다.

8

시몬 바쟁은 10년 전 6월의 어느 날 이 집에 왔다. 그녀는 시점에서 여왕을 만났다. 그들은 정원 책 코너에서 일본의 난초에 대해 이야기를 나누었다. 발레리나는 시골사람들을 좋아했다. 두 사람은 서로에게 호감을 느꼈다.

시몬은 여왕에게 보주 지방에서 행복했던 어린 시절에 대해 이야기해주었다. 아주 어려서부터 시몬은 텃밭의 채소들 위에 기어 다니는 민달팽이들을 잡아낼 줄 알았고, 앞치마에 달걀을 주워 담을 수도 있었다. 일찍부터 부모님과 들판에서 일했다. 겨울엔 학교가 끝나면 가축들에게 꼴을 주며 부모님을 도왔다. 농장에서 실존적 질문은 없었다. 기쁨은 간단한 것이었다. 손안에 들어 있는 것이었다. 그녀는 친구들과 얼음처럼 차가운 물속에 발을 집어넣고 꺅! 하고 기쁨의 비명을 질렀다. 아네모네 꽃들 위를 활공하는 느낌을 갖고 싶어 페달 밟는 것을 멈추면 자전거 바퀴에서 클릭클릭 소리가 났다. 그 소리가 아직도 귀에 들리는 것 같았다.

시몬의 마을에는 1437명의 주민이 있었고, 삶은 판에 박힌 듯 흘러갔고, 모든 사람이 모든 사람을 알았고, 저녁 8시면 다 잠자리에 들었다. 소들도 일찍 일어났다. 매일 5시면 모두 일어나 있었다.

스물세 살에 처음으로 기차를 탔다. 파리 동역에 처음 도착했을 때, 역은 무슨 폭격이라도 당한 것 같았다. 상자를 깔고 바닥에서 자는 집 없는 사람들, 네온사인 광고판들, 택시, 오물, 경적, 검게 입은 붐비는 무리들, 지하철 갱로, 보도 위의 개미 식민지, 어떤 시간이든 열려 있는 극장과 카페들. 그녀에게 익숙한 것은 오직 내리는 비뿐이었다. 숲 내음이 그리웠다. 넓은 공간에 대한 향수가 밀려왔다. 그러나 부모가 견뎌온 힘겨운 삶, 그녀는 그렇게 살고 싶지 않았다.

하루 종일 커피와 맛도 없는 키슈를 서빙하며 여행자 서클에서 몇 달을 보낸 후, 시몬은 어느 날 우루과이 출신 여행자들을 만났다. 그들은 자기들 나라에 대해 이야기했고, 언덕과 고원 사진을 보여주었다. 시몬은 밤이 깊도록 잠이 오지 않았다. 보주 출신의 여자는 사람들한테 쉽게 다가가지 못했다. 하지만 몬테비데오에 산다는 사람의 주소를 하나 받았다. 그래서였다. 시몬은 꽉 찬 가방 하나를 들고 혼자 떠났다. 우루과이와 아르헨티나를 돌아다녔다. 먼지로 뒤덮인 낡은 자동차와 붐비는 기차 속에서 덜컹거렸고, 농장 일을 도우며 침대와 식사를 해결했다. 그녀는 풍경이 바뀔 때마다, 만남이 바뀔 때마다 멈췄다. 버스 여행을 하는 동안 만났던 사람들과 세계를 다시 만들었다. 헤어지면서 주소를 주고받았다. 수첩에 그들 주소를 연이어 적어나갔다.

프랑스를 떠나 산 이런 삶은 5년 반 동안 계속되었다. 다시 파리로 돌아왔을 때는 품 안에 가장 아름다운 추억이 들어 있었다. 디에고! 그녀의 사랑스러운 아들! 여러 달 동안 힘들게 일했던 대농장에서 한 스페인 출신 목동을 만났다. 그와 아들 하나를 갖게 되었다. 목동은 야생 염소를 길들였다. 시몬은 옥수수를 키웠고, 닭들을 돌보았다. 그녀는 드넓은 초원과 아름다운 두 남자를 사랑했다. 그녀는 이 가능할 법하지 않은 트리오를, 이 대범한 사랑을 믿었다. 무제한의 신뢰가 미래 속에서 펼쳐질 것이라 믿었다. 그녀는 가족을 만들 수 있을 것이라 믿었다. "사랑은 날개를 달아준단다." 할머니가 해준 말이다. "애야, 네 반쪽을 찾으면 더는 필요한 게 없단다." 60년의 결혼 생활이 주는 가장 아름다운 확신…….

그런데 어디서부턴가 핸들이 거꾸로 돌았다. 괴로운 일상이 찾아왔다. 9월의 어느 날 저녁, 그녀는 다른 날보다 일찍 집에 들어왔다. 그녀의 목동이 한 젊은 영국 여자와, 자기보다 훨씬 예쁜 여자와 함께 있는 것을 보았다. 출산을 한 후 그녀의 몸에는 없어졌어야 할 몇 킬로그램의 살들이 남아 있었다. 작은 디에고는 옆방 마룻바닥에서 장난감 자동차를 굴리며 놀고 있었다. 시몬은 깊이 생각하지 않았다. 울지 않았다. 소리 한 번 내지르지 않았다. 어떤 장면도 없었다. 어떤 분노도 없었다. 아무것도 없었다. 그저 침묵. 땅에 그녀를 못 박아 놓은 망연자실. 그녀를 다시 파리로 데려간 비행기 안에서 그녀는 아들에게 자신의 동요를 감추었다. 말을 길들이는 카우보이 이야기를 들려주었다. 아이는 이야기를 이해하지 못하면서도 황홀하게 들었다.

그녀는 스페인어를 제법 했다. 여행 잡지사에서 번역 일을 구할 수 있었다. 이제부터 하루가, 한 걸음이 한 삶이 될 것이다. 아이가 자기 앞의 산을 하나하나 올라가듯이. 그녀는 더는 스페인 사람 이야기를 하지 않았다. 시간이 가면서, 더는 자기 모습을 꾸미지 않았다. 자신과 맞지 않는 사람들에게 더는 맞추려 노력하지 않았다. 달리 행복해지는 법을 찾았다.

여러 해가 흘렀다. 디에고는 스물 세 개의 촛불을 불었다. 어머니와 아들이 헤어지기에 좋은 순간이었다. 함께 살던 아파트를 비웠다. 그녀는 '그 집'에 들어갈 기회를 잡았다. 그녀는 그 집 주인이 부여한 금지

사항을 알고 있었다. 그것을 존중할 준비가 되어 있었다. 그녀는 알고 있었다. 남자들을 그리워할 일은 없을 것이라는 것을. 그러나 디에고 없이 입주해야 하는 것은 가슴이 옥죄어 오는 일이었다. 두 사람이 늘 같이 하던 모든 것을 보내고, 하루를 이야기해줄 사람이 더는 없고, 요리를 해줄 사람도, 애지중지할 사람도, 사랑해줄 사람도 더는 없게 되는 일이었다.

서서히 시몬은 자기 둥지를 틀었다. 여왕과의 대화를 통해, 그녀의 대마 식물을 통해, 살롱에 흩어져 있는 그녀의 책들을 통해. 장-피에르가 그녀의 삶 속으로 들어온 것은 바로 이 시기였다. 그 애는 시몬의 결정에 용기를 주었다. 위안을 주었다. 남자가 없으면 부부의 위기도 없다. 인간 남편과 하루라도 같이 보내는 것을 이젠 참을 수 없을 것이다.

오늘, 59세에, 그녀는 계속해서 기사들을 번역했다. 일자바지와 남자 셔츠를 입고, 그녀의 두 다리로 단단히 버티고 서서. 아주 오래 전에는 파란 색이었던 해어진 운동화를 신었다. 머리는 짧게 깎았고, 화장을 하지 않았고, 마르세유 비누로만 향을 냈다. 눈가에는 잔주름이 많았다. 그건 그녀가 자주 웃었다는 증거다.

그녀의 집 문은 늘 열려 있었고, 돼지비계에 튀긴 맛있는 감자 냄새와 월귤 파이, 잘 구워진 빵 냄새가 새어 나왔다. 꼭 이렇게 말하는 거 같았다. "들어와요. 와서 한 조각 먹어요. 장-피에르를 보러 와요. 와서 아무거나 말해요. 하시시를 피워요. 마음 깊이 하고 싶은 말이 있다면."

매주 목요일 저녁이면 그녀는 예수의 발을 닦는 마리-마들렌이 되었다. 극좌파인 대머리 회계사 롤랑이 예수 역할을 했다. 어느 날은 바르비가 그녀를 대신하여 마리-마들렌을 연기했고, 자크가 예수 연기를 했다. 그녀는 즉흥극을 발견했다.

9

일요일. 시몬은 4층으로 올라갔다. 그녀의 발 뒤로 따라오던 작은 사자가 시몬보다 먼저 벌어진 문 사이로 머리를 들이밀었다.

로잘리 라봉테. 이름이 품성과 기적적으로 잘 맞는 사람들이 있다. 그녀와 그녀의 이름은 손에 맞춤 재단한 장갑처럼 정말 딱 맞는다.

그녀의 집에선 반달 자세나 메뚜기 자세를 하고 눈을 감고 있는 로잘리를 볼 수 있다. 스핑크스, 킹코브라, 아니면 주둥이 내민 소. 그런 모습을 보고 시몬은 많이 웃었다. 머리 위에 발을 올리는 것도 쉽게 하는 그녀가 말했다. 이렇게 하면 모든 게 다 제자리로 돌아간다고. 특히 생각들이.

로잘리는 요가 선생이다. 매주 그 동네의 배우들, 예술가들, 사람들에게 몇 개의 수업을 한다. 그러나 시간 대부분은 어려운 아이들을 돌봐주는 협회에서 봉사하는 데 쓴다. 그녀는 자주 아이들을 생각했다.

특히 리나. 일곱 살 리나는 화난 어른 같다. 늘 눈썹에 힘을 준다. 로잘리는 부드러운 목소리로 아이들에게 말을 걸었다. 천천히 호흡하는 법을 가르쳤다. 그러면 아이들은 정말 조금은 진정이 되었다.

"뭐해?"

로잘리가 뒤를 돌아봤다. 시몬은 또 한 번 로잘리가 예쁜 금발의 암사슴 같다는 생각을 했다. 맑은 피부와 파란 눈. 커다란 오렌지색과 붉은색 숄을 겹쳐 두른, 추위를 잘 타는 암사슴.

"아무것도."

"나도 자기랑 아무것도 안 해도 되지?"

"들어와, 언니. 차 준비할게."

"그럼 오늘은 어떤 진미를 맛봐야만 할까요?"

"천 개의 웃음. 일랑일랑, 밀감과 생강 껍질을 섞고, 거기에 레몬 향과 바닐라 향 그리고 접시꽃 이파리를 넣을 거랍니다. 기적 같은 진미죠."

시몬은 소파에 앉았다. 창문 밖을 바라보았다.

"바람이 꽤 부네."

"응, 이런 날은 안 나가는 게 나아."

줄리엣의 헝클어진 머리가 문가에 나타났다.

"여기 계셨네요. 오늘은 뭐해요?"

"좋은 날씨를 기다려."

"땅은 느리나 소는 인내심이 있네." 시몬이 낭송하듯 말했다.

"음, 목소리 멋지고." 로잘리가 음미하듯 말했다.

"뜻도 좋고요."

"하시시 하나 말아줄까?" 시몬이 물었다.

"아니요. 가라앉는 게 무서워요. 음악 좀 없어요, 로잘리 언니?"

'티베트 음악 말고요.'

"티베트 노래 있어."

"이, 그럼 제가 한번 찾아볼게요…… 베리 화이트, 괜찮을 것 같은데. 알앤비 어떠세요?"

줄리엣은 일요일 오후면 이 집 저 집 다니며 여자들과 함께했다. 여왕의 집에서 있을 저녁 식사를 기다리며 다들 몰려다니기도 했다. 한 사람은 뭘 만들고, 한 사람은 책을 읽고. 명상을 하고, 카드놀이를 하고, 잼을 만들고.

로잘리의 집에서는 모든 게 조용하고 진정이 됐다. 하얀 벽, 분재, 벽난로 턱에 죽 늘어선 사진엽서.

"시드니, 보르네오, 루앙 프라방." 줄리엣이 엽서에 찍힌 장소들을 짚어봤다. "어, 이건 새 엽서네요."

"산 페드로 데 아타카마." 로잘리가 중얼거렸다.

"칠레! 그건 높은 데 있어. 4500미터."

"와! 4500미터!"

벽감에는 나무로 된 붓다가 웃고 있다. 그 앞에 꽃잎들, 백단향 향기가 나는 불 켜진 촛불.

"붓다가 뭐라고 했더라? 여기, 그리고 지금?"

"붓다가 말했지. '떠나는 자는 떠나게 하고 오는 자는 오게 하라.'"

장-피에르는 안락한 여주인의 가슴 위로 뛰어 올라 마음껏 가르릉거렸다.

"장-피에르, 볼륨 좀 낮춰. 베리 화이트가 안 들리잖아."

장-피에르는 귀를 쫑긋하더니 주둥이를 시몬의 몸에 슥 하고 부볐다. 그리고 아주 아름다운 자태로 일어나 어딘가로 가버렸다.

"고양이의 삶이 가장 단순해요." 줄리엣이 한숨지었다.

"난 다음에 태어나면 장-피에르가 되고 싶어." 시몬이 덧붙였다.

"우선 그대의 카르마부터 정리하셔야지." 로잘리가 속삭였다.

"카르마라…… 근데 라디오에서 뉴델리 뉴스 나오는 거 들었어?"

"걱정 마. 카를라는 거기 없을 거야."

"비타 디 메르다!(이런 엿 같은 인생!)" 주세피나가 나타났다.

"아, 주세피나! 개수대가 또 막혔어. 나 좀 도와줘." 시몬은 그녀의 거친 말투에도 전혀 동요하지 않았다.

"제기랄! 포르카 미제리아! 나 일 끝내고 들어오려는데 타이어에 구멍이 난 거야, 젠장. 모리스라고, 내 가판대에서 같이 그릇 파는 사람이 있는데 그 사람이 고쳐줘서 겨우 왔어."

"우선 차부터 마셔." 로잘리가 말했다. "긴장이 풀릴 거야."

"레드 와인은 없어?"

"와인은 좀 이르지 않아? 꿀 한 숟갈 넣어줄까?"

줄리엣은 휴대폰 카메라로 이 순간을 남겼다.

"아인슈타인에 따르면, 만약 벌들이 지구 표면에서 사라지면 인간은 4년 이상을 살 수가 없을 거래요."

"4년! 매순간을 잘 살아야지." 시몬이 선언하듯 말했다.

"줄리엣은 뭘 할래? 4년, 아니 그보다 더 시간이 조금 남았다면?" 로잘리가 물었다.

"전 비행기 운행을 배울래요."

"넌, 주세피나?"

"벤데타!(처절한 복수!)"

'오, 뭔가 놓칠 뻔했네. 나중에 로잘리 언니한테 얘기해달라고 해야지.'

여자들은 한껏 편히 앉아 있었다. 손에 찻잔을 들고, 쿠션, 의자, 소파, 자기가 원하는 자리에. 갑자기 위에서 '브라보' 소리가 들렸다. 로잘리는 눈을 들어 천장 쪽을 쳐다봤다.

"저렇게 혼자서만 갇혀 있으니 걱정이야."

"가끔 테라스에서 하늘을 바라보기도 하잖아." 시몬이 대꾸했다.

"하지만 대화할 사람도 없잖아요."

"대나무에게 말을 걸지. 그리고 우리에게." 주세피나의 무덤덤한 목소리.

"생각하면 가슴이 아파." 로잘리의 목소리에 걱정이 스몄다.

"왜요?"

"몰라. 약해져서? 통치 말의 여왕처럼."

로잘리는 줄리엣을 쳐다보았다. "여왕 처음 만났을 때, 너한테도 얘기했지? 천 명의 남자, 천 개의 섬광!"

"네. 그리고 배즙을 따라 주셨어요. 얘기도 들려주시고."

"그녀에게 남은 건 이제 지나간 영광을 추억하는 것밖에 없지."

"왕년에는 그녀의 출현 자체가 한 편의 작품이었어. 장엄하고 화려한. 남자들은 그 고귀한 순간을 맞느라 심장이 뛰었지."

"이젠 자기 규칙과 권위적인 태도로 마담 역할을 할 뿐이야. 늘 자신의 동맹국이자 모든 것이었던 자기 몸이 쇠약해지고 초라해지는 것을 받아들이지 못하지. 자신이 늙는 것을 참지 못해. 그녀는 화장을 지우지 않아. 그 뒤에 숨어야 하니까."

"이 건물에 남자를 완전히 금지할 정도로?" 줄리엣이 물었다.

"남자와 마주치는 것도 싫어해. 더는 그들을 유혹할 수 없으니까. 자기가 더는 할 수 없는 것을 다른 여자들이 하는 걸 보고 싶어 하지도 않고."

"아직도 아름다우신데."

"의사가 뭐라더라? 다발성…… 뭐라고 알려준 날."

"다발성 류머티스 관절염."

"그렇지. 진료실에서 나와서는 커피 한 잔 마시고 생각을 정리한 것 같아. 연인들이 이젠 추억에 불과하다고."

"아파트를 절대 나가지 않아."

"서서히 관절이 굳고, 다리는 전처럼 말을 안 듣고, 손가락도 모양이 일그러지고. 그 다음 고통이 왔지. 이사하기도 원치 않아. 대나무와 구름 속에 사는 편을 택했지."

'더 나아지지도 않겠지……. 그녀를 도와야 해. 나중에 다시 가봐야겠다.'

여자들은 말없이 있었다. 로잘리는 다시 차를 내왔고, 아몬드와 대추야자 열매도 가져왔다.

"그래도 여기 사는 건 행운이야."

"그런데 이 집에는 이름이 없어요?" 줄리엣이 물었다.

"이름?"

"네, 이름요. 해변가에 있는 집들처럼요."

"시도는 해봤지."

그들은 하루 종일 사전에다 코를 박고 일요일을 보낸 적도 있었다. 소녀 때 자주 썼던 표현들이 나오기도 했고, 가장 좋아하는 소설 제목들이 나오기도 했고. 그래도 마땅한 걸 못 찾았다.

"그래서 결국 여왕의 집이군요." 줄리엣이 말했다. "아름다운 에투알. 셀레스테, 천상의 여왕."

"셀레스테, 셀레스티나…… 카사 셀레스티나……." 주세피나가 단어를 바꿔가며 중얼거렸다.

"셀레스티나, 셀레스트…… 셀레스트는 완전한 행복이란 뜻인데. 셀레스티나, 맘에 드는데." 로잘리가 말했다. "시몬 언니, 카사 셀레스티나, 어때?"

"행복한 집이라. 좋네."

"줄리엣?"

"좋아요."

"주세피나?"

"당연하지! 내가 찾은 거잖아!"

'뭐, 거의.'

"그럼 만장일치로!"

"자, 행복한 여인들이여. 계단 입구에 뭐 하나 새로운 게 필요하지 않아? 화가가 필요해." 로잘리가 말했다.

"여자 화가!" 주세피나가 바로잡았다.

"아는 여자 화가 없어?"

"아님 혹 은퇴한."

"왜 은퇴해야 해요? 왜 늙어야 해요?" 줄리엣이 불만이라는 듯 외쳤다.

'청년, 미남에, 작업복을 입고, 사다리를 타는 남자. 화가 냄새도 나고 남자 냄새도 나고. 내 방에 걸 액자를 물어볼 남자.'

"그만, 줄리엣! 너도 곧 포기하게 될 거야. 이곳에 계속 머물고 싶으면 규칙을 지켜야 해." 주세피나의 목소리 톤이 높아졌다.

"여왕은 이해해요. 하지만…… 세 분은 왜 남자를 거부하는 이런 집에 살고 있는 거죠?"

"다이어트를 시작하면 초콜릿 가게는 안 가지!" 시몬이 대꾸했다.

"그러니까 다이어트 중이라는 거예요?" 줄리엣이 물었다.

"사랑을 포기한 건 아냐."

"사랑은 정말 아름다운 거야, 진정한 사랑은."

"사랑 없이는 못 사는, 그런 미친 희망을 포기한 거지."

"러시아 산속."

"북극과 남극을 잇는 거야."

"매일같이 해야 하는 공작. 조각들을 수천 번 다시 붙여야 하지."

"그러는 척했던 사람이 그런 사람이 아니라는 것을 알게 되고 이성을 잃을 때."

"다 희석되고, 다 뒤틀릴 때까지. 마음에 들게 날개 끝을 자를 때까지."

"애무와 달콤한 단어를 위해 밀가루 안을 굴러다니고."

"모든 뉴런을 잃어버리고 중독적 관계에 빠지지."

"사랑에 빠지면 보호받을 수 없어."

"유일한 보호, 그건 절제야."

'이 여자들은 미쳤어.'

"그러니까 당신을 중독시켰으니까, 단식을 한다는 거군요."

"나는 단식은 안 해, 줄리엣." 시몬이 선언하듯 말했다. "난 다른 메뉴를 택한 거야."

"너무 빨리 포기했어요. 지구에는 30억 명의 남자가 있어요. 언니들의 고집을 이해할 수가 없어요."

"아무도 이해 못 해. 특히 남자들. 자기들 없이 지낸다는 생각을 참을 수 없어 하지. '남자를 거부한 여자들이 사는 집' 같은 건 믿지도 않아. 아니면 불감증인 여자들이라고 상상하겠지. 아니면 턱밑까지 주름이 축 처진 백 살 노인들이 사는 집이거나." 시몬은 그런 말은 수백 번도 더 들었다는 듯이 말했다.

"난 백 살이 되어도 한 남자가 나를 원했으면 좋겠어요." 줄리엣은 꿈꾸듯 말했다.

주세피나가 불같이 외쳤다. "피니토! 바스타!(이제 그만! 충분해!)"

"하지만 사랑을 뭘로 대체하죠?"

세 여자는 입을 다물었다. 각자 다른 사람에게 답을 넘기는 분위기. 줄리엣이 마침내 한 가지가 생각났을 때, 시몬이 그녀의 눈을 똑바로 쳐다보았다.

"사랑을 다른 것으로 바꿀 수는 없어. 사랑의 환상을, 기다림을, 동요를, 의존을, 실망을, 허무함을. 하지만 바람이 불어도 사라지지 않을 것들, 봄이 되면 수액이 차오르게 될 것들, 그러니까 손에 잡히는 기분 좋은 것들로 행복해질 수는 있지."

줄리엣은 대추야자 열매를 하나 집었다. "사랑을 도예실이나 커다란 수영장으로 바꿀 거예요?"

"완전한 행복이라는 의심할 바 없는 세계야!"

"남자 없는 삶. 그건 소금 없는, 설탕 없는, 고추 없는, 꿀 없는 삶이에요. 그렇죠. 절대 못 바꿔요." 줄리엣은 고집했다.

시몬은 일어나 창가로 갔다. 알아듣기 힘든 문장을 중얼거렸다.

"뭐라 그런 거예요?"

"행복은, 햇살 눈부신 잔디에 앉아 과자를 먹는 것처럼 아주 작은 거야."

줄리엣은 마지막 대추야자 열매 하나를 먹었다. 그리고 문 쪽으로 갔다. 세 여자를 돌아보았다.

"언젠가는 후회하게 될 거예요. 언니들이 더 늙고 나면 난로 앞에서 잡을 손 하나 없게 되겠죠."

10

로잘리는 기계적으로 찻잔들을 수거했다. 씻고 헹구고 다시 씻고. 그
녀는 전에는 다른 곳에 있었다, 프랑수아와 함께.

모든 것이 성공적이었다. 사람들은 박수갈채를 보냈다. 질투하기까
지 했다. 그들은 늘 '로잘리와 프랑수아'라고 함께 불렸다. 마치 무슨
상표처럼. 드림팀이었다. 창의적인 기획자와 수완 좋은 영업자. 그녀는
판매지수 그래프에 강박된 손님들에게 그가 상상해낸 판촉물들을 팔
았다. 그들은 경쟁에서, 투자 예산에서, 시장 점유율에서 이겼다. 그들
은 전략을 이야기했고, 테스트 플래닝과 목표 포인트를 이야기했다. 그
들은 성공과 수행을 구현했다. 같은 리듬으로 나아갔다.

로잘리의 인생이 뒤집어진 건 5년 전이었다.

그날, 그녀는 부엌에 앉아 완두콩 줄기를 떼고 있었다. 앙리 살바도르의 노래를 들으며. 입가에 행복한 미소를 지었다. "엄마가 내게 불러주던 부드러운 노래." 가사는 초저녁 아이의 방을 떠올리게 했다. 오렌지 나무 꽃향기가 나는 따스한 우유 한 잔, 잠으로 부드럽게 이끄는 자장가.

프랑수아는 소리 없이 다가와 그의 큰 손을 아내의 어깨 위에 올려놓았다. 로잘리의 몸은 이 손을 잘 알고 있다. 그리고 그 따스한 열기에 자신을 내맡겼다. 보호하는 손, 부드럽게 어루만지는 손, 기쁨이 깃드는 비밀의 은신처가 어디 있는지 잘 아는 바로 그 손.

"나는 우리 아이들에게 이 노래를 들려줄 거야." 그녀가 중얼거렸다.

프랑수아는 아무 말도 하지 않았다. 앙리 살바도르는 그의 부드러운 노래를 계속했다.

"셋은 돼야지!"

미소지으며 중얼거리던 그녀가 갑자기 헉 하고 신음소리를 냈다. 그것은 멀리서 온 것이었다. 젖짜기 같은 압력.

"그래, 셋! 아니면 넷! 어쨌든 많은 아이들. 그렇지?"

프랑수아의 손아귀에 힘이 들어갔다. 그녀는 자신의 어깨가 으깨질 것 같은 압력을 느꼈다. 바보가 새를 잡겠다며 너무 세게 쥐는 것처럼. 그녀는 일어나고 싶었으나 그의 손이 그녀를 움직이지 못하게 했다. 그녀는 어색하게 웃으며 그의 손아귀에서 벗어났다. 서랍장에서 숟가락을 찾았다. 찬장에서 잔 하나를 잡았다. 찬물을 틀었다, 오랫동안. 그리고 수돗물 한 모금을 마셨다.

그는 싱크대 옆에 있는 그녀에게 다가왔다. 그녀의 목에 키스했다.

"오늘 저녁 약속 가지 말고, 우리 둘이 있을까? 텐트 아래로 가자."

그녀는 오늘 텐트를 원하지 않았다. 오늘은 깃털 이불 아래 둘만의 비밀 시간을 갖고 싶지 않았다. 그녀는 모든 창문을 열고 싶었다.

"나 이거 마저 해야 돼. 봐요."

그는 멀어졌다. 그녀는 전화에서 들리는 금속성 목소리를 들었다.

"오늘 못 가……. 몸이 안 좋네. 그래, 다음번에."

프랑수아는 아파트 맨 안쪽 자기 서재에 섰다. 아이들과 함께하는 삶에 갇힌 자신을 상상했다. 아침마다 애들에게 시리얼을 챙겨주고, 책가방을 챙겨주고. 벽난로 위에 놓일 사진 액자, 후드 셔츠와 야구 모자를 쓰고 그네 위에 있는 아이들…… 이런 이미지들이 어지럽게 뒤엉켰다. 온 가족을 위한 어지러운 승합차 뒷좌석엔 아이들이 앉아 있고, 그 옆엔 또 임신한 로잘리가. 그가 꿈꾸었던 건 이런 삶이 아니다. 지금은 아니다. 그렇게 빨리는 아니다.

로잘리는 접시들과 잔, 뚜껑을 여러 번 씻었다. 벽장에서 접시들을 꺼내고 그것을 닦는 동안 그녀의 어깨를 짓누르던 크디큰 손의 감각이

실체 없이 다시 왔다. 강하고, 집착하는 손.

그녀가 잠자리에 들려고 했을 때, 프랑수아는 이미 침대에 누워 있었다. 눈을 꼭 감고. 그녀는 그가 자지 않는다는 것을 알았다. 그녀의 불규칙적인 호흡은 한숨으로 잘려나갔다. 그들은 감정 없는 목소리로 서로에게 잘 자라고 말했다.

악몽에 잠을 깼다. 그녀는 대기실에 있었다. 그녀를 둘러싸고 있던 여자들이 한 사람씩 차례대로 다른 색깔 문 뒤로 사라졌다. 아무도 그녀를 찾으러 오지 않았다. 대기실은 비어 있었다. 그녀는 혼자다. 방 한가운데 앉아 있다. 작은 어린이용 의자 위에. 그녀의 둥근 배는 거대했다.

이튿날 아침, 그들은 아무 말도 하지 않았다. 그저 커피. 그 후로도 여러 날, 그녀를 감금했던 손의 기억이 문득, 불쑥 솟아올랐다. 길에서, 극장에서, 슈퍼에서.

3주 후, 프랑수아는 떠났다.

그녀가 마지막으로 그를 본 것은 10월이었다. 그들이 처음 만난 달이었다. 그녀는 기억한다. 그날은 일요일이었다. 그가 출발하기 전에 교회 종소리가 세 번 들렸다. 그들은 그날 오후 불로뉴 숲에 가려고 했다. 그날 그가 뭘 입었더라? 그녀는 기억해보려고 코를 찡그렸다. 큰 회색 니트를 입었던가? 아니, 검은 색이었나? 확실하지 않다. 흐릿한 영상을 뚜렷이 해보려고 눈을 감았다. 문손잡이에 손을 대고 그가 무슨 말을 했더라? 있다가 봐? 떠나기 전에 키스를 했던가? 그가 나간다는 걸 알고 있었나?

그녀는 불안한 하루를 보냈다. 그를 찾으러 여기저기 다녔다. 월요일, 아침 일곱 시, 그녀는 흥신소를 찾았다. 그날 후로 그는 다시 돌아오지 않았다.

첫 우편엽서가 12월에 왔다.

돌아갈 수 없어. 미안해.

그녀는 엽서를 열 번은 더 읽었다. 무슨 단서라도 찾으려고, 아주 작은 거라도. 아무것도 없었다. 더욱이 소인은 오스트레일리아 거였다. 그녀의 가슴팍에서 미친 것 같은 북 소리가 들렸다. 그녀는 혼자 응급실을 찾아갔다. '로잘리와 프랑수아'의 반은 그녀 옆에 없었다. 의사들은 그녀의 심장이 1분에 247번이나 뛰니 심각한 상태라고 말했다. 그들은 발작성 빈맥에 대해 말해줬다. 전극 도자 절제술에 대해서도 알려줬다. 그녀는, 그녀의 심장이 마지막 스퍼트를 달렸다는 것을 알았다. 그것은 도망친 프랑수아를 다시 잡기 위한 것이었다. 절단해야 할 선이 있다면, 그건 심장에 있는 것이 아니다.

그녀의 심장이 정상 속도를 찾자, 옛 로잘리는 사라졌다. 새로운 로잘리가 다른 삶을 열망했다. 다른 박자. 프랑수아를 잊기. 다른 데서 시작하기. 그 없이. 그녀의 어깨를 짓누르던 그의 손 없이.

그녀는 세입자를 구한다는 알림판을 보았다. '매력적인 아파트, 동네 안에 있는 예쁜 주택, 한 명의 여성 세입자를 찾습니다.' 그래서 서른둘의 그녀는 남자를 거부한 여자들이 사는 이 집에 정착했다.

그녀는 아무것도 없이 왔다. 커다란 모니터, 태블릿, 스마트폰, 메시지 창. 이 모든 것을 그냥 뒤에 두고 나왔다. '24시간 연락 가능.' '5분 안에 연락드리겠습니다.' 그녀의 네트워크와 커넥션을 그대로 두고 왔다.

새 집의 여자들은 그녀를 환대했고, 그녀에게 다른 존재감을 제공했다. 근처에 수영장이 있어서 그녀는 매일 아침 수영을 했다. 누구는 요가를 권하기도 했다. 자기 확신만큼이나 뻣뻣했던 그녀의 몸이 많이 유연해졌다. 카를라는 그녀를 명상에 입문시켰다. 로잘리는 자신이 배운 것을 다른 사람에게 전승하고 싶어졌다. 서서히 그녀는 다시 웃기 시작했다.

✾

5년 후, 로잘리는 일본식 정원을 조용히 산책하는 것을 좋아하게 되었다. 곡선의 완성미, 정교하게 다듬어진 관목들, 나무다리 아래를 흐르는 물의 노래, 서로 다른 형태의 회양목들, 그 둥근 머리. 모든 게 그녀의 마음을 가라앉혀 주었고, 황홀하게 했다. 특히 그 정원이 여자들의 건물과 멀지 않아 좋았다.

11

주세피나는 제멋대로 떨리는 발을 끌고 익숙한 계단을 올라갔다. 다 닳아빠져 뭉툭한 나무 계단을. 이 시간이면 회색 벽 위에 드리워지는 빛의 윤곽을 외울 만큼 익숙한 길. 3층 계단참에서 장-피에르와 마주쳤다. 그는 길게 야아-옹 하며 그녀에게 인사를 하고, 몸을 스윽 돌리더니 그녀보다 계단을 앞서갔다. 그녀는 지금까지 이 계단을 몇 번이나 올랐을까. 비오는 날이면 수프 한 그릇이라도 같이 나누려고 이 사람 저 사람의 소파에 앉았다. 길지도 않게, 한 10분씩? 그들은 그것을 '슬리퍼 닿는 거리의 우정'이라 불렀다.

리넨 소재의 분홍빛 튜니카에 숄 하나 걸치고, 편한 바지에 맨발로, 로잘리는 완벽하게 생긴 연꽃 앞에 앉아 있었다. 마치 그게 자신의 인생인 듯. 두 손바닥은 하늘을 향한 채 위아래로 포개고서. 그녀는 눈빛으로 그녀의 이웃을 자기 앞자리에 앉게 했다. 주세피나는 바닥에 앉아 편한 자세를 찾기가 힘들었다. 엉덩이에 의지해보기도 하고, 또 다르게도 해보다가 불안정하게나마 균형을 찾았다. 장-피에르는 고양이 특유의 불편한 자세를 하고서도 편안해 보였다. 꼭 주세피나의 서툰 몸짓을 보고 웃는 것 같았다.

로잘리는 주세피나가 다리를 절거나 아파하는 것을 볼 때마다 그녀가 당한 사고를 생각했다. 비가 오고 있었다. 주세피나는 임신 5개월이었고, 주변을 살피지 않고 건너가는 보행자를 피하기 위해 힘껏 브레이크를 밟았다. 하이드로 플래닝. 바퀴는 수면 위를 헛돌았다. 멍하니 걷던 여자는 다치지 않았고, 주세피나는 부서졌다. 온몸으로 배를 보호했기에 그녀 뱃속의 아이만은 다치지 않았다. 하지만 허리 골절로 볼품없는 거동을 하게 되었다. 의사의 말에 따르면, 그녀는 나았다. 후유증은 그녀의 몸에 남은 게 아니라 머릿속에 남았다. 그녀는 걸음을 걸을 때마다 기적적으로 구조된 아이를 떠올렸다. 주세피나는 딸을 '포르투나'라 불렀다. 행운의 여신. 병원에서 나오자, 남편과 아버지와 형제들이 아이를 데려갔다. 아이를 제대로 돌볼 수 없다는 이유로. 새벽 다섯 시에 일하러 떠나는 엄마, 다른 사람처럼 걷지 못하는 엄마!
주세피나는 포르투나에 대해 말하지 않는다. 여름휴가 때만 시칠리아의 이모 댁에서 아이를 볼 수 있다. 그렇게 합의되었다. 그녀는 싸웠지만 소용없었다. 남자들의 권력이 그녀의 모성애보다 더 셌다.

매해 4월 11일, 포르투나의 생일에 그녀는 걸었다. 절뚝거리며, 몇 시간이고. 이어 지쳐 잠이 들 때까지 술을 마셨다. 그녀는 딸의 사진을 하나 갖고 있다. 매트리스 아래 감춰두었다. 가끔 본다. 자주는 아니고.

"이거 알아? 생각이란 건 벌레들 같아. 그게 떠나가는 소리가 들릴 때면, 호흡을 되찾을 수 있어. 호흡은 기다리고 있어. 언니가 그만 쉬기를, 그만 치유되기를." 로잘리가 말했다.

"생각하지 않는 법을 생각해볼게." 주세피나는 중얼거렸다.

"매일 뭔가를 하는 게 최고야. 매일 아침, 하루를 시작하기 전 깔개를 깔고."

'새벽 다섯 시에?' 주세피나는 대꾸 없이 로잘리의 말을 들었다.

"창문은 잘 닫고. 그리고 호흡을 느껴봐."

"아, 로잘리, 나 다리에 쥐났어!"

"고통에 집중해. 경련이 있는 부분에 이완의 메시지를 보내봐."

"메시지가 도착하지 않아. 메신저가 파업했나봐!"

"자, 알았어, 오늘은 여기까지."

주세피나는 간신히 다시 몸을 일으켜 세웠다. 주춤거리며 몇 발짝 걷다가 한 사진 앞에 멈춰 섰다.

"네 결혼식 날이야?"

머리에는 화관을 쓰고, 로잘리와 프랑수아가 웃고 있다. 풀 속에 맨발로.

"그때지." 로잘리가 흘깃 사진을 보고 대답했다.

"나는 내 신혼 첫날밤을 절대 잊지 못할 거야. 그 남자……."

"왜, 남편이 어땠는데?"

"시칠리아인이었지! 불행한 운명을 타고난……."

남자들이 모든 것을 결정하는 그 집에선 세 형제가 주세피나의 남편을 골랐고, 아버지가 명령했다. '넌 루이지랑 결혼할 거다.'

아버지는 집에 청년의 부모를 오시게 했고, 날짜를 정했고, 처녀인 딸을 곧 결혼시킨다는 것을 모든 사람에게 알리기 위해 큰 잔치를 열었다.

"잘생겼어, 루이지는?" 로잘리가 물었다.

주세피나는 인상을 찌푸렸다.

"다리는 휘었고, 작달막하고, 입은 퉁퉁하고, 엉덩이와 허벅지에는 고불고불한 털이 나 있고."

로잘리는 프랑수아를 생각했다. 로잘리는 그의 이름부터 마음에 들었다. 이어 그의 부드러운 입술과 애무하던 손. 그의 후추 레몬 맛이 나는 향기와 어깨, 웃음. 그녀는 프랑수아의 모든 것이 좋았다.

"우리 결혼식 날엔 말이지." 주세피나가 계속했다. "루이지의 친구들이 다 왔어. 이탈리아인과 스페인 사람들. 잔치를 벌인 큰 홀 구석에 텔레비전이 하나 있었는데, 다들 그 앞에서 축구를 봤지. 루이지는 초조한지 일어나서 뱅뱅 돌고, 다시 앉고, 다시 일어나서 뱅뱅 돌았어."

그녀는, 그런 모습이 감동적이었다. 신혼 첫날밤을 앞둔 한 마초의 불안한 모습. 하지만 그를 흥분하게 만든 건 결혼이 아니라 축구 경기였다.

"결혼 케이크를 자르기 전에 사진을 찍고 담소를 나누는데, 손님 중에 누가 물었어. 신랑은 어디 있나요?"

"그래, 어디 있었어?"

"텔레비전 앞. 1990년 7월 3일, 이탈리아 월드컵 준결승전 날이었지. 그러니 정신없을 수도 있다고 생각했어."

"아, 나도 여름이었어." 로잘리가 꿈꾸듯 말했다. "6월 23일. 그날 나는 내 새로운 인생 앞에 '예'라고 대답했지."

"잔치가 끝나고, 사람들이 다 떠난 후에. 신랑은 빌려 입은 양복바지를 내리더니, 구불구불한 검은 숲의 꼬리를 꺼냈어. 텔레비전 앞에서 그가 나를 껴안았어. 내 머리 위에선 축구 경기 재방송이 나오고 있었지. 그가 소리를 질렀어. '잡아 토토, 잡아!'"

주세피나는 미동도 하지 않았다. 루이지는 그녀가 그렇게 하는 걸 좋아한다고 생각했다.

"그런데 처음이었어?"

"시칠리아에서는 단 한 사람에게만 줘. 텔레비전에서 베드신이 나오면 부모들은 채널을 돌리거나 딸아이들을 자기 방으로 들어가게 하지. 열여덟 살이 넘어도! 난 우선 결혼부터 했고, 그 다음에 인생을 발견했어. *비타 디 메르다!*(더러운 인생!)"

"그 다음엔 좀 나아졌어?"

"똑같았어. 나는 아무 말도 안 했고. 나도 그냥 TV에 나오는 사람들이나 보는 게 더 좋았어."

로잘리는 신혼 첫날밤을 기억한다. 많이 다르고, 많이 부드럽고. 프랑수아는 그런 것을 잘했다. 계피 향 촛불에서 나오는 향기가 방을 가득 채웠다. 로잘리는 계피 향을 너무나 좋아한다. 그는 그것을 잘 알고 있었다.

"자, 주세피나 언니, 차를 마셔. 좋아질 거야."

"차는 이제 그만! 마법 물약이 아니야, 차는!"

로잘리는 그녀에게 웃음을 지어보였다.

"차가 싫으면, 주스를 줄게. 붉은 무, 사과, 레몬, 생강. 부엌으로 가자."

"아버지가 돌아가시고, 나는 루이지를 떠났어." 주세피나가 계속해서 말했다. "그의 여자 친구가 레몬을 짜고 있는 동안."

"남자들과 안녕?"

"*비바 라 리베르타!*(자유로운 인생!)"

로잘리는 주스용 재료들을 찾다가 주세피나를 향해 고개를 돌렸다.

"다른 누군가를 만났어?"

"많이. 결혼은 안 했고. *니엔테!*(전혀!)"

남자들. 셔츠를 벗기도 전에 의자 위에 바지를 잘 접어놓아야만 했던 남자도 있었고, 온갖 장난감을 꺼내놓고 뭐든 다 시도해보려던 남자도 있었다. 일본식 둥근 종이 램프, 원격 조정 계란 거품기, 버튼을 누르면 흘러간 옛 가요가 나오고 가짜 다이아몬드가 박힌 깜박거리는 전기 안마기. "뭘로 시작할까?" 숙련된 프로의 자세로 그가 물었다. 또 어떤 사람은 플라톤적인 사랑을 강렬하게 원했다. 로잘리가 나이가 있으니 이미 폐업했을 거라고 단정하고서. 다만 그녀가 수년 전에 잠든 자신의 리비도를 깨우는 기적을 바라면서. 정작 그는 그녀에게 그 사실을 알리지 않았다. 그의 이중 고장. 정력과 진실.

"항상 비슷했어. 그들은 내 가슴을 만지작거렸고, 땀을 흘렸고, 숨을 헐떡거렸지. 몇 시간 동안. 나는 그 시간이 지나가기를 기다리며 밤바다의 별을 느꼈지. 로잘리, 넌 어때? 그게 그리워?"

"별로 생각 안 해. 놀랍지? 생각을 안 하면 아주 빨리 욕망도 물러나. 몸은 조용해지지. 언니는?"

"전혀! 밤바다의 별은 그립지 않아. 누가 내 인생을 다시 만들었냐고 묻는다면 예! 하고 대답할 거야. 나는 내 인생을 다시 만들었어. 훨씬 나아! 남자 없는 인생!"

주세피나는 동네 상인들의 사진을 찍었다. 그녀는 혼자 산책하는 것을 좋아했다. 벼룩시장에서 구한 낡은 사진기로 일상을 포착하는 것을 좋아했다. 이제는, 자기 자리를 찾았다. '부러진 팔이어서 시원한 이 집에서.' 그녀는 그렇게 말했다. 뒤늦게서야 인생의 단맛이 찾아온 것처럼, 그녀는 너무 저항하지 않고 되는 대로 내버려두었다.

12

줄리엣은 숨을 헐떡이며 스튜디오에 도착했다. 창문 하나 없는 어두운 은신처. 빛을 차단하는 납작하고 둥근 은색 통, 필름 영화 시대의 추억들이 선반 위에 쌓여 있다. 그 옆에는 지난 달 신문이 굴러다녔다. '마지막 시선'이라는 헤드라인과 함께 폴 뉴먼의 기가 막힌 흑백 사진이 실려 있다. 세상은 항상 새로운 것들을 찾아다니지만, 줄리엣은 익숙한 사물들에 둘러싸여 있는 것이 좋았다.

그녀의 전임자 중 하나이자, 셰익스피어 찬미자인 누군가가 벽 위에 이렇게 써놓았다. '밤, 그것은 낮이 충분하지 않다는 증거다.' 밤과 낮을 줄리엣은 자주 혼동했다. 이미지들에 사로잡힌 그녀는 낮과 밤들에 하나의 리듬을, 하나의 밀도를, 하나의 의향을 불어넣는다. 지치지 않고 그녀는 여러 가능성으로 퍼즐을 다시 맞췄다. 각 프레임을 어디서 시작하고 어디서 끝내야 하는지 24초쯤에서 선택했다. 오늘은 한 남자와 한 여자다. 서로 얼굴을 마주한 그들, 남자의 두 팔이 여자를 안고 있다. 장면은 멈추지 않고 지나갔다. 스튜디오 안에서, 줄리엣은 모든 감정들을 지배하는 힘을 지녔다. 그러나 그녀의 삶에서는 절대 이런 식으로 일이 일어나지 않는다.

작은 갈색 머리가 반쯤 열린 문 사이로 쏙 하고 나타났다. 막스! 그녀의 가장 열성적인 팬, 마음의 형제, 혼자인 그녀에게 가족 같은 유일한 친구. 그리고 옆방 스튜디오의 편집기사. 몸이 뒤엉킨 커플 장면에서 화면 정지.

"너, 사랑이 고프구나!" 막스는 마우스에 손을 고정하고 한숨짓는 그녀를 본 것이다.

줄리엣은 뽀로통한 표정을 지으며 고개를 끄덕였다. 막스는 그녀의 가방 밖으로 삐져나와 있는 책의 제목을 보았다. 《한심한 사람들을 위한 유다이즘》. 그녀는 하나의 반향을, 하나의 끈을, 하나의 실을 찾아내기를 희망하며 책을 읽는다.

"마음 바꾸는 중? 남자는 금지 아니었어?"

"놀리지 마. 벌써 다 얘기했잖아. 나는 그 집, 그 여자들에게 소속된 느낌을 받아. 난 그게 좋아. 모두가 마음을 가라앉혀 주는 유대인 어머니를 원하진 않겠지만, 난 필요해. 내가 절대 가져본 적 없다는 증거이기도 하지만 말이야."

"유대인 엄마들은 펌프질하듯 자식을 다 빨아먹지."

"우리 엄마는 안 그래. 전혀. 아마 내가 아들이었으면, 달랐겠지만."

"다른 유대인 엄마들과 아들 경쟁을 했겠지."

"난 내 사생활을 침범하고, 억지로 많이 먹이고, 하루에 세 번 전화하는 엄마를 가져도 좋아. 한숨짓고, 걱정하고, 죄책감을 느끼고, 으으 떨리는 탄식을 토해내고, 좋은 유대인 청년이라는 내 자질을 자랑하는 엄마. 난 나를 에스테르나 라셀이라고 부르는 게 좋아. 줄리엣이 아니라. 이 이름은 출생 신고할 때 거기 직원이 달력에서 보고 그냥 정한 거거든. 내가 명문가 소속이라는 반박할 수 없는 표적을 지녀서 멀리서도 바로 날 알아보는 게 좋아."

"그래, 알겠어. 근데 넌 카잔이잖아. 〈에덴의 동쪽〉 감독하고 같은 성 아니야?"

줄리엣은 그의 말을 끊었다.

"제임스 딘은 내 품에 안기지 않아! 그리고 사랑에 빠진 줄리엣? 줄리엣들은 쉬운 운명이 아니야. 현실에 나를 위한 로미오는 없어. 내 인생의 영화는 〈예고된 대실패 연대기〉라고."

막스가 웃음을 터뜨렸다.

"넌 정말 재밌게 말하는 재주가 있어. 진짜 최고야."

가족, 줄리엣에게는 미묘한 주제다. 막스는 그걸 잘 안다. 안전장치

없이 서 있는 무남독녀. 그녀의 집에서는 학대가 특별한 형태를 띠었다. 존재 부정. 자기 아이를 부정하는 유대인 부모. 막스는 이 결핍이 만들어낸 자리가 얼마나 큰지 알고 있다. 줄리엣이 그나마 잘 버티는 것이 막스는 대견하다. 이런 삶의 힘을 가지고 있는 것에, 이런 자조를 하는 것에, 그리고 이렇게 잘 웃는 것에 놀란다. 그는 그녀를 너무나 좋아한다. 이런 작은 마음의 누이동생을. 그는 진짜 악마적인 두 사람이 연합하여 어떻게 이렇게 아름다운 한 사람을 생산해낼 수 있었는지 이해가 가지 않는다. 어떻게 그런 사람들이 이 아이를 만들었나?

줄리엣의 아버지는 그녀를 하나의 프로젝트로, 하나의 오브제로 생각했다. 하지만 결과는 그의 기대치에 못 미쳤다. 유능한 것도 아니고, 적합한 것도 아니고. 그는 그것을 제조하기를, 가공하기를 원했다. 몇 킬로그램을 빼라고 돈을 줬고, 붉은 옷을 입도록 강요했고, 친구들을 결정해줬고, 공부를, 취미를, 사고방식을 강요했다. 반죽을 잘해보려고 하는데, 반죽물이 저항하자 이젠 완전히 무관심해졌다. "실망스럽군." 그가 말했다. "수고할 가치도 없어. 사랑스럽지도 않아." 그녀의 어머니는 이런 남자에게 복종했다. 그의 욕망을 채워주기 위한 기계. 그녀는 그에게 하나의 사물과도 같은 아이를 제공한 다음, 결코 아이를 쳐다보지도 않았고 만지지도 않았다. 남편이 거부한 이 사물이 그녀를 거북하게 했다. 그녀는 남편의 무조건적인 지지자였다. 신봉자였다. 그를 격찬했고, 유혹했고, 응석을 받아줬고, 그가 좋아하는 일이라면 뭐든 다 했다. 모든 시간을 그를 위해 바쳤다. "네 아버지와 나 사이에, 외부 요소가 들어갈 자리는 없어." 언젠가 그녀는 줄리엣에게 말했다. 그녀의 딸이 처음으로 물었을 때. "아버지가 없으면, 난 의미가 없어요? 나도 가족이잖아요." 그에 대한 답변으로 나온 말이었다.

줄리엣은 그 후로 아무것도 묻지 않았다.

막스는 언제나 줄리엣을 살폈다. 그는 생각하지 않고 주었다. 그녀가 자신의 감정에 빠져들면 달래주려고 했다. 시선이 닿아 있는 시간 내내……. 하루는, 마음을 나누는 오누이 이야기가 위대한 사랑 이야기가 될 수 있을까? 하고 스스로에게 묻기도 했다. 대답은 아니, 였다. 그들은 이 우정이 어떤 타격도 버텨낼 것이라는 것을, 늘 그럴 것이라는 것을 알고 있다.

"일에 집중하지 못하는 것 같은데." 그가 말했다.

"어, 맞아. 집중! 이제 다시 시작해야지. 좀 더 컬트적인 장면들로 골라보려고."

"난 일 끝났는데. 도와줄까?"

"좋지!"

"지금 뭐 보고 있어?"

"〈아웃 오브 아프리카〉, 사바나 한가운데서 머리 감겨주는 장면. 시를 읽어주면서. 그녀가 웃음을 터뜨리는 순간, 머리는 거품으로 가득하고."

"로맨스 아닌 건 없어?"

줄리엣은 아무 말도 하지 않았다.

막스는 〈양들의 침묵〉 한니발 렉터의 목소리를 흉내냈다.

"언젠가 국세 조사관의 질문을 받았소. 키안티 와인에 잠두콩, 그리고 그의 간을 맛보았지."

줄리엣은 웃음을 터뜨렸다. "진짜 똑같아!"

"입술을 핥을 때 입술소리를 내는 걸 잊지 마."

"난 식인종을 원하지 않아. 나는 사랑과 로맨티시즘을 원해. 물론 그것도 좋은 영화지만, 고르는 건 나니까. 내 맘이야."

"뭐가 제일 좋은데?"

"〈매디슨 카운티의 다리〉, 프란체스카의 불가능한 선택, 차 문손잡이를 부여잡는 손."

줄리엣은 긴장감을 주기 위해 잠시 멈췄다. 마치 그 영화를 모르는 사람에게 묘사해주듯이.

로버트 킨케이드는 프란체스카가 자기에게 오기를 바라고 있어. 빨간불. 그들 차는 앞뒤로 섰지. 몰아치는 비 아래…… 그녀의 망설임. 신호 바뀜. 초록불. 하지만 앞에 선 그의 차가 출발하지 않아. 그녀는 숨을 들이마시고. 입술을 앙다물고. 그녀의 손이 문손잡이를 부여잡았다가…… 다시 손을 내려. 그녀는 선택했어.

"다음 저녁 데이트 땐 손을 테이블 아래로 내리지 마. 아마 남자가 네 손을 잡으려고 할 거야."

"우선 남자랑 데이트를 해야지! 난 새로운 기록을 남길 거야. 서른한 살. 내 겁 많은 계획들, 잘못된 출발, 신기루의 놀라운 수집품들이 가득한 별 볼일 없는 인생."

줄리엣은 여왕을 떠올렸다. '천 명의 남자, 천 개의 섬광.'

줄리엣은 균형을, 고요를, 부드러움을 원한다. 오직 한 사람과 함께하는. 매번 만남에서 그녀는 드디어 그 순간이 오리라 생각했다. 한 문장으로 그녀는 즉시 인생 계획을 세운다. "그래, 너야. 나는 아주 강렬히, 아주 빠르게 너에게 달라붙을 거야." 그리고 깡충! 줄리엣은 아름다운 〈초원의 집〉에 있는 자신을 본다. 그녀는 이야기의 시작을, 고동치는 심장 박동을, 바람에 갈기 휘날리는 순수한 피를 사랑한다. 이런 환상은 순간 심연 같은 공허를 메웠다. 그녀의 어머니가 단 한 번도 내어주지 않은 품을 잊게 만드는 두 팔. 한 남자와 이루는 진정한 가정.

"넌 항상 장면들과 재회하는구나. 아! 지난여름의 해변. 그 얘길 해 줘봐."

"뭐?"

"제발. 난 궁금하단 말이야."

줄리엣은 지난여름을 재연하기 위해 일어섰다.

❋

미지근한, 그는 너무 뜨겁지도 너무 차갑지도 않은 물을 채울 통을 가져오기 위해 차고를 열어. 두 시간 후에, 바다에서 나와 몸을 씻기 위한 물. 25리터들이 네 통. 두 사람을 위한 100리터의 물. 내가 살이 좀 쪘지만, 그 정도면 충분하지.

그는 긴 의자, 파라솔, 얼음 박스, 삽, 갈퀴, 선글라스, 독서용 안경, 운전용 안경을 챙겨. 몸 닦을 수건, 얼굴용 수건, 해변용 수건, 온갖 선크림. 프로텍션 8, 프로텍션 20, 에크랑 토탈 SPF 25.

"뭐, 한 일주일 놀러간 거야?"

"아니, 잠깐 간 거야. 3시간을 위한 준비지!"

그는 슬리퍼를 찾아. 발에 모래가 묻으면 안 되니까. 1번실, 2번실,

3번실, 아틀리에, 차고, 창고 다 봐도 없어. 모래 없이 걷기, 지중해에서 가장 덜 가능한 것. 그걸 실현하기 위한 슬리퍼와 바닥 깔개 탐색.

나는 내 바구니에 모든 것을 3초 만에 던져 넣었어. 그 후로 한 시간 넘게 그를 기다렸지.

떠나기 직전, 그는 갑자기 세탁 세제를 찾아. 깨끗한 행주가 세 개뿐이래. 돌아왔을 때 열 개는 필요한데. 세탁기를 돌리지. 하지만 출발해야 해. 세탁기를 멈출 것인가, 기다릴 것인가. 여러 번 변덕을 부린 후에 세탁기를 멈추기로 결정하지.

자동차를 채워. 마침내! 어떤 자신만의 질서에 맞춰서. 냅킨, 선크림, 슬리퍼, 긴 의자, 바닥 깔개, 얼음박스, 삽, 갈퀴, 여기까지는 뒤에. 앞에는 네 개의 통. 가득 찬 상자를 아주 집중해서 바라봐. 그의 마음에 들지 않아. 다시 다 비워. 바닥에 모든 것을 펼쳐놓고, 다시 시작하지. 물통을 뒤에, 파라솔, 바닥 깔개. 긴 의자, 얼음박스, 삽, 갈퀴, 냅킨, 선크림, 슬리퍼를 앞에.

그는 굵은 땀방울을 흘리기 시작해. 잠깐 샤워를 하겠다고 말하고, 15분, 아-주 간략한 샤워.

그리고 드라이어로 털을 말려. 느긋하게. 머리카락, 턱수염, 귀 털, 가슴 털, 거기 털.

"거기도?"

"당연하지!"

그는 작은 오두막을, 중간 오두막을, 큰 오두막을, 창고를, 차고를, 작업장을 닫아. 열쇠통 하나, 둘, 셋, 넷, 다섯, 여섯.

살수 장치 안에 물을 넣고, 기름 양과 타이어 압력을 점검해.

"바다까지 한 600킬로미터 되나?"

"30분 걸려."

그는 뭔가를 잊은 것 같아 불안한 눈길로 주변을 더듬어. GPS를 조정하고, 아이폰을 충전하고, 아이팟을 충전하고, 교통방송 주파수를 맞추고. 그리고 CD 박스를 채우지.

"오, 더 안 넣어?"

"안 넣어! 짧은 버전이니까."

떠났어. 거의. 주유소에서 멈추고, 가격 확인, 너무 비싸. 다른 주유소를 찾아. 가격은 덜 비싼데 뭔가 마음에 안 들어. 다시 떠나. 약간 화난 상태로. 특히 내가! 아까 주유소로 리턴.

만원인 해변 주차장에서 주차하기 가장 좋은 자리를 찾아. 혹시나 다른 차가 문 열다가 자기 차를 콕 찍기라도 할까봐, 좀 떨어진 자리로. 주차장 세 바퀴, 아무 데도 없어. 빈자리가 딱 하나 있는데, 완전히 이상적이지는 않아. 다시 출발. 두 바퀴 더 돌아. 아까 그 자리밖에 없어. 윽!

그는 발을 꽁꽁 숨겨. 이름도 우스운 안티 비치 슬리퍼를 신어. 난 아니야. 이 순간을 위해 1년을 기다렸어. 나는 마침내 내 벗은 발가락을 희열에 가득 차 모래 속에 담글 거야. 하지만 그에게 모래와 바다는 적이지.

'기분이 안 좋아 보이는군.' 그는 과장된 태도로 말해. '우리가 어디 있는지 잊지 않았지? 오고 싶어 했잖아?'

네 개의 양동이와 파라솔, 바닥 깔개, 삽, 갈퀴, 얼음박스, 긴 의자, 냅킨, 선크림, 선글라스. 그는 짐을 내리기 위해 여러 번 왕복해. 나는 그 뒤에서 내가 아는 어떤 사람과도 만나지 않기를 기도했지.

그는 갈퀴로 모래를 평평하게 만들어. 파라솔을 심기 위해 1미터쯤 파고, 바닥 깔개를 펴. 모래 알갱이의 침략을 당하지 않기 위해. 그리고 자기 고물차를 감시할 수 있도록 긴 의자를 설치해. 바다를 등지고.

막스는 웃겨 죽는다. 줄리엣은 아니다.

"그런데 최악이 뭔지 알아? 1초도 그는 자기가 '별 이상한 놈'이라는 생각을 하지 않는다는 거지. 그리고 나도 1초도 말하지 않았지. '이런 미친놈과 내가 왜 바캉스를 왔지?' 하고."

"처음에 널 매혹시킨 뭔가가 있을 것 아냐."

"그가 '우리'라고 했어."

막스는 그 순진함에 그만 하늘을 봤다.

"넌 좋은 곳을 모르는구나. 내가 이미 알려줬는데. 요즘은 소울 메이트를 인터넷에서 찾아."

"내 소울 메이트가 혹시라도 있다면. 내게 신호를 보낸다면. 하지만 당분간은……."

그녀를 가입하게 만든 건 막스다.

"줄리엣, 그 사이트에서 만난 사람들 사랑에 빠지고, 결혼도 해."

"내가 정신병자랑 만나면?"

"물론 리스크 제로는 존재하지 않아."

'그렇게 말하는 사람들은 가장자리에 서서 공허 안으로 뛰어드는 타인을 바라볼 뿐이지. 그들은 절대 뛰어들지 않고.'

그는 그녀를 수많은 저녁 모임에 데려갔다. 하지만 어떤 결과도 없었다. 그녀는 철학 카페도 시도해보았고, 온갖 그룹에도 나가보았다. 영어회화 클럽, 영화 클럽, 공예 수업까지도. 그런데 거기엔 주드 로도, 장 뒤자르댕도, 알 파치노도 없었다. 그래서 몇 주 전, 모험을 한 단계 높여보았다.

"한번 해봐요, '얼음 공주'님."

'도가 지나치군. 막스!'

불면의 밤, 그녀는 이미 사이트를 돌아다녔다. 따듯한 탕에 들어앉아 모든 피로를 풀고 싶다는 상상을 하며 새벽 2시에 모니터 앞에 앉아 있는 여자. 신경 안 쓴 옷차림, 피부는 꽃 같은데 거기는 덥수룩, 눈 언저리의 푸르스름한 다크서클. 모니터가 최면을 걸었다. 한밤중, 뜨겁고 빛나는 거품. 성탄절, 가게 쇼윈도 앞의 소년들. 그들 생애에 의미를 불어넣을 매우 드문 '소울 메이트 상품'을 찾아 상점 거리를 바삐 다녔다. 친절한 사람, 나쁜 사람, 사기꾼 같은 사람, 할 일 진짜 없는 사람, 절망한 사람, 잘못을 깨달은 사람. 모두가 누군가를 위한 누군가가 되고 싶어했다. 역시 부드러움 코너에 사람들이 많다. 서로의 마음이 스쳤다. 그 순간, 작은 전율. 하지만 그녀는 고르지 못했다.

"인내심을 가져야 해." 막스가 그녀에게 조언했다.

"마트 돌아다니는 거 싫어. 장바구니에 남자들 담는 거 싫어. '지역 특산품' '문신 거구 입하' '이 사내는 24시간 보관 가능' '품절' '재고 정리'. 누를 아이콘이 많기도 하지. 나는 채널 돌리기도 싫어. 캐스팅도 싫어. 난 엘뤼아르, 프랭크 시나트라, 섬세함과 조화로움이 좋아. 난 새로운 코드는 없어. 로맨티시즘이 이제 낡은 것이 되었다니 완전 절망이야."

그들은 웃었다. 줄리엣은 막스와 일하는 게 좋다. 그들의 커피 타임. 같이 있으면 시간이 어떻게 흘러가는지 모른다.

그녀는 그에게 가장 좋아하는 장면을 보여줬다.

"나도 그거 있어."

"1990년대지."

"그래. 그런데 엄청 좋아."

화면에서 알 파치노는 미셸 파이퍼를 탐욕스럽게 보고 있다. 꽃 시장 한가운데서. 그녀에게 키스하기 바로 전이다.

갑자기 막스가 연극을 하듯이 방백했다. "누군가가 나를 만진 지 정말 오래되었어요."

"마음의 외침!" 줄리엣이 장단을 맞췄다.

"높이 들려요, 아프네요." 막스는 일어섰다. "자, 이리 와. 나의 멧비둘기." 그는 그의 큰 팔로 그녀를 감쌌다.

"으악! 정말 좋다." 줄리엣은 한숨을 쉬었다.

"미국에선 말이야, 허깅 클럽이 있대. 모르는 사람들끼리 믿음을 가지고 서로를 껴안는 거야. 그리고 이렇게 말한대. '아이 러브 유 베리

머치.'"

"우드스탁이여 귀환하라! 대초원이여, 꽃 셔츠여!"

막스는 안락의자에 가로질러 누웠다. 다리는 팔걸이 위에 걸치고.

"나 홀로 보내는 밤은 이만하면 됐어. 나는 사랑을 원해." 줄리엣이
막스를 보며 말했다.

"너의 행운을 믿어봐."

"내 행운의 별은 안식년 중이야."

"그럼 곧 오시겠네. 안식년도 끝이라는 게 있잖아?"

13

항상 저녁 8시 뉴스 시간에는 모습을 보였다. 건물 계단에서 장-피에르를 불러봤다. 불안해지기 시작한 것은 영화 크레디트가 올라갈 때였다. 시몬은 영화에 집중하지 못했다. 장-피에르가 그녀의 무릎 위가 아니라 그녀의 생각 속에 있었기 때문이다. 밤 11시, 아직도 들어오지 않았다. 층계참으로 올라가다가 혹시나 지하실인가 싶어 발끝을 들고 지하로 살금살금 내려가 봤다. 없다. 그녀는 망설였다. 늦은 시각이라 다른 사람을 깨우고 싶지 않았다. 주세피나는 새벽 다섯 시에 일어난다. 그리고 여왕은 얕은 잠을 잔다. 분명 장-피에르는 돌아올 것이다.

시몬은 현관문을 열어두었다. 그리고 장-피에르가 가장 좋아하는 음식을 예쁜 접시 위에 잘 보이게 놓았다. 브로콜리 옆에 놓인 연어 구이. 돌아오면 틀림없이 배가 고플 거야, 하고 생각했다.

시몬은 혼자 누웠다. 장-피에르의 따뜻한 털 없는 밤, 그녀 몸에 전해지는 그의 온기가 없는 밤. 그녀는 침대에 앉은 채 기다렸다. 특유의 마룻바닥과 발바닥이 닿는 소리를, 위풍당당한 수염을, 우아한 꼬리 끝을. 작은 소리만 나도 그인가? 하고 생각했다. 왕성한 도약으로 품에 안길 것이다. 그녀의 발가락을 가볍게 깨물 것이다. 까끌까끌한 혀를 그녀에게 줄 것이다. 애무를 구걸할 것이다. 빙글 돌 것이다. 다시 돌 것이다. 자신을 확인하며, 유혹하며, 기묘한 관능으로 자세를 잡을 것이다. 그녀는 다른 사람의 팔 안에서 가르릉거리는 그를 상상했다. 새벽, 시몬은 몇 분간 잠이 들었다. 하지만 계속해서 소스라치듯 깼다. 지친다. 그녀는 깃털 이불을 툭툭 쳤다. 아무도 없다!

이번만큼은 모든 사람에게 알려야 한다. 무엇부터 시작해야 할지 모르겠다. 모든 집에 문자를 보냈다.

'장-피에르가 사라졌어!'

가장 먼저 문을 열고 나온 것은 로잘리였다. 하품을 하면서.

"장-피에르, 장-피에르."

줄리엣이 두 번째로 문을 열었다. 줄리엣의 목소리는 로잘리의 목소리와 뒤섞였다.

"자아아앙-피에에에르……."

"누가 세탁소에 있는 거 봤대." 처음으로 주세피나가 소리쳤다.

"무슨 일이야?"

여자들은 계단 입구로 모였다. 머리를 하늘을 향해 들어올렸다.

여왕은 위엄 있는 모습으로, 새틴 목욕 가운에 비로드 실내화 차림으로 위에서 나타났다.

"장-피에르가 돌아오지 않았어요."

"다들 내 방으로 와요."

여자들은 망설임 없이 움직였다. 갓 이불에서 나온 듯한 파자마, 헬로 키티 티셔츠, 분홍빛 캐미솔, 작은 꽃무늬 잠옷 차림으로. 새벽 6시, 5층으로 올라갔다.

"차를 만들어 올게." 로잘리가 말했다. "그럼 좀 나을 거야."

"로잘리, 우리가 차 마신다고 장-피에르가 돌아오는 게 아냐. 뭐 딴 거 없어?"

"가위를 벌려서 못에 걸어봐."

"이미 해봤어. 근데 소용없어."

"의자 다리에 행주를 묶어두면? 해봤어?"

"행주로? 그게 될까?"

"열쇠 찾을 때는 되던데. 고양이 때문에 해본 적은 없지만."

"장-피에르는 절대 밤을 밖에서 보내지 않아. 항상 나랑 자. 장-피에르는 들짐승이 아냐. 남자든 고양이든 다 미쳤어. 정말 어떻게 할 수가 없군. 이렇게 집착하게 될 줄이야. 난 완전히 의존하고 있어." 시몬이 두

서 없이 말했다.

"장-피에르를 사랑하는 거지."

"나는 그 애를 수유기로 키웠어." 시몬이 계속해서 말했다. "너무 작은 아기 고양이가 이렇게 야옹거렸어. '날 좀 돌봐줘.' 나는 그 애를 위한 주전자를 만들었어. 모헤어 털옷을 사주고. 밤에도 그 애를 살폈어. 이런 말 처음 하는 거지만, 나 자장가도 불러줬어. 알아, 그게 얼마나 우스운지. 니콜과 모니크가 어느 날 말했지. '새끼 고양이 키워볼래요?' '고양이요? 말도 안 돼요!' 나는 거절했어. 그래도 자꾸 키워보라고 하는 거야. 난 그 반질거리는 코와 유리알처럼 반짝이는 호박색 눈을 보자 미칠 것 같았어. 그 짙고 섬세한 털, 아이라인이라도 그린 것 같은 눈매, 얼마나 예쁘던지. 부끄러워하지도 않는 뻔뻔한 표정이며, 배 위에 곤두 서 있는 털이며, 그 부드러운 시선……."

시몬은 곧 울 것 같았다. 그녀의 당황한 모습은 모든 사람을 울컥하게 만들었다.

"수국 화단 봤어요? 가끔 거기 숨어 있어요."

"줄리엣, 사라진 고양이 찾아주는 사이트는 없어? 미야옹 닷컴 같은 거. 아님 그 비슷한 거라도."

'난 위대한 사랑 닷컴만 알아요. 줄리엣! 그런 걸 생각할 때가 아냐.'

"확실해, 딴 여자가 생긴 거야." 시몬이 신음했다.

"땅콩을 없애야 해!" 주세피나가 흥분해서 말했다.

"장-피에르를 거세한다고? 절대 안 돼!"

"아로마 초를 켜. 그럼 진정될 거야." 로잘리가 말했다.

"벌써 머리가 아파."

"사진 한 장 들고 점쟁이 집에 가볼까?"

"쉿! 조용히 해봐요. 들어봐요." 줄리엣이 모두를 진정시켰다. 그리고 창을 열었다. "바르텔레미 씨가 창가에 있어요. 우릴 불러요."

"호, 아가씨들. 여기 누가 당신들을 찾아요."

"장-피에르?"

"장-피에르!"

"오!" 시몬은 작은 비명을 토해냈다. 들고 있던 찻잔을 놓쳤다. 여왕의 왁스칠한 마룻바닥에 찻물이 흐르는 것도 못 본 것 같았다. 거실을 가로질러 5층부터 아래까지 쏜살같이 내려갔다. 로잘리, 주세피나, 줄리엣은 테라스로 뛰어갔다. 시몬이 건물에서 튀어나가는 걸 보려고, 안뜰로 날아오르는 것을 보려고, 철문을 지나, 잠옷 차림으로 바람처럼 골목으로 달려가 바르텔레미 씨 집으로 쏙, 전리품을 획득해 가슴에 꼬옥 껴안는 것을 보려고, 올림픽 400미터 경주에서 막 승리한 것 같은 챔피언의 기진맥진하고도 흥취에 가득 찬 표정을 보려고. 시몬은 장-피에르를 열다섯 번은 껴안았다. 그러고 나서야 머리를 들었다. 감동에 젖어 자신의 지지자들에게 이렇게 말했다.

"사랑에서 최고로 좋은 건, 바로 해후야. 이 녀석이 얼마나 충실하고 정의로운지 나는 알고 있었어."

14

날씨가 너무나 좋았다. 시몬은 겨울 용품을 지하에 내려놓고 여름용 물건들을 다시 올려놓아야 겠다고 생각했다. 장-피에르가 그녀보다 먼저 상자들 사이로 나아갔다. 그 바람에 불안정하게 놓여 있던 상자 하나가 엎어졌다. 상자 안에서 납작한 댄스 슈즈와 다 닳아빠진 신발 깔창들이 빠져 나왔다. 이것들을 상자에 쑤셔 박은 게 벌써 10년 전이다.

당시 그녀는 알레시아 가에 살았다. 파리 저 아래쪽 동네. 아르헨티나에서 돌아온 후 춤을 추고 싶어 몸이 근질근질했다. 그러다 흥미로운 수업 하나를 발견했다. 검은색 긴 바지에, 튜니카를 입고 *바모스 아바일라 라 살사*를 찾았다.

춤 선생의 이름은 카를로스였다. 몇 번의 수업 후에 그녀는 새로운 신발을 샀다. 굽이 제법 높고, 귀여운 인조보석이 달린 광택 나는 검은 구두. 평소대로라면, 그녀는 이런 것에 관심이 없었다. 그런데 화장이 하고 싶어졌고, 예뻐보이고 싶고, 카를로스의 눈에서 놀라운 광채를 보고 싶었다. 그녀는 목이 파이고, 등에 열일곱 개의 작은 단추가 달린 붉은 드레스를 입었다. 귀 뒤와 소맷부리 굽어지는 홈에 백합 향수 방울을 살짝 묻혔다. 그녀는 봄을 맡았다.

보통, 그녀는 다른 학생들과 춤을 추었다. 가끔은 여자들과도. 남자들 숫자가 적으면. 그녀는 이 손 저 손 다 만졌다. 습한 손, 마른 손, 꽉 쥐는 손, 뜨거운 손, 차가운 손. 의식적으로 껌을 씹는 남자부터 엄청 땀을 많이 흘리는 남자까지. 그녀는 파트너의 발을 밟는 어리숙함을 피하기 위해 애를 썼다.

그날 그녀를 이끈 것은 카를로스였다. 그의 눈이 시몬의 눈 속으로 빨려들어 왔다. 깊은 머리털 아래 어둡고 강렬한 시선. 네모난 턱, 도톰한 입술. 그는 하얀 셔츠를 입었다. 단추 하나가 없는. 그리고 너무 달라붙는 검은 바지, 격렬한 움직임은 바지 천을 더 팽팽하게 잡아당기며 그의 투우사 엉덩이를 그대로 드러냈다.

그는 그룹을 향해 말했다.

"아래 다리, 엉덩이, 움직이고. 무릎 부드럽게…… 남자 나가고, 여자 뒤로. 맘보, 킥. 오늘 행복하지 않더라도 고통은 미소 뒤로 숨기고. 하나, 둘, 셋, 파트너 바꾸고. 자, 바꾸고."

그러면서 그는 그녀를 확 잡아당겼다. 속삭였다. "그댄 나랑 함께 있어요."

"앞, 뒤, 옆! 파트너 잃어버리지 말고, 팔 안에 공주를 안은 거예요!"

시몬은 그가 프랑스어를 말하는 방식이 웃겼다.

그는 그녀를 약간 세게 껴안았다. 그의 피부에서는 갈색 담배 냄새에다 음란한 맛이 가미된 것 같은 향수 냄새가 났다.

"말할 필요 없어요. 몸이 모든 걸 다 말해요." 그는 낮은 목소리로 덧붙였다.

카를로스는 마룻바닥 위에서 동물적 감각으로 미끄러지고 튕겨 올랐다. 그와 음악 사이에 비밀 협정이 있는 것처럼. 마치 그의 발아래 고무줄이라도 있는 것 같았다. 그는 눈을 감으면서 시몬을 껴안았다.

그날 저녁은 찌는 듯 무더웠다. 시몬이 체온은 몇 도 더 올라갔다. 머리 뿌리에서 진주알 같은 땀이 송송 배어나왔다. 가슴이 불에 타는 것 같았다. 작고 긴 강물이 그녀의 가슴골 사이로 흘렀다. 그는 그녀의 귀에 대고 속삭였다.

"춤출 때는 머리를 잊어요. 그냥 마음대로 가게 내버려두어요. *바일라리나.*"

그녀는 비틀거리지 않고 그를 잘 따라가기 위해 최대한 집중했다. 그러나 작은 강물이 그녀의 집중을 방해했다.

수업이 끝나고 학생들은 박수를 치고 흩어졌다.

"다음 목요일에!"

한마디 말도 없이 카를로스는 시몬을 잡고 계단으로 이끌더니 작은 골목들을 가로질러 동네의 아주 작은 바로 데려갔다. 불안정한, 높고 둥근 의자에 몸을 올리고 희끄무레한 빛 속에서 칵테일을 홀짝거리는 곳. 그는 그녀를 위해 모히토를 주문했다. 그녀는 단숨에 마셨다. 시디신 라임에 그녀는 움찔했다.

"오늘 저녁 당신하고만 춤추고 싶었어요."

"제 다리가 그냥 혼자 움직였어요."

"당신을 더 알고 싶어요. 어떤 사람인지."

"너무 마셨어요. 이제 집에 가는 게 좋겠어요."

그가 다가왔다. 손가락 끝으로 그녀의 목을 어루만졌다. 그리고 작은, 움푹 파인 곳을. 시몬은 아래 둥근 의자가 사라진 것 같은 기분이 들었다.

"데려다줄게요. 저한테 기대요."

시몬의 집은 멀지 않았다. 가는 동안 그들은 말이 없었다. 승강기에서 그는 그녀에게 얼굴을 들이밀었다. 그녀는 두려움이 일었다. 그녀는 그의 머릿속을 떠올렸다. 그는 아마도 그녀가 그것을 매주 한다고 생각할 것이다. 그녀가 전문가라고 생각할 것이다. 승강기의 거울에 등을 기대고 그는 그녀를 계속해서 바라보았다. 서두, 전조. 그는 그녀를 찾았다, 그녀를 불안하게 했다. 그녀는 밀폐된 공간에서의 이런 거리가 익숙지 않았다. 타자의 시선에서 원초적 욕망의 대담함을 읽는 것이. 그가 다가왔다. 그녀는 자신의 얼굴을 어루만지는 숨결을 느꼈다. 그의 반짝이는 검은 눈이 웃었다. 승강기가 멈췄다. 그녀는 열쇠를 찾으며 약간의 시간을 벌었다. 겨우 열린 아파트 문. 그는 그녀를 집 안으로 끌어당겼다. 손을 꽉 쥐고, 다른 손으로는 부엌의 문을, 살롱의 문을, 욕실의 문을, 그리고 드디어 침실의 문을 찾았다. 그는 재채기를 했다.

"꼭 이래요. 좀 흥분하면 재채기가 나와요."

그는 그녀를 끌어당겼다. 그녀는 그의 강렬한 어깨에 몸이 가도록 내버려두었다. 그들은 서로 몸을 꼭 붙이고, 느린 살사를 추었다. 그들은 숨을 쉬고, 서로를 들이마셨다. 동요하는 자기장. 시몬은 그녀의 아랫부분에 닿은 남자의 성기가 단단해지는 것을 느꼈다. 이런 즉각적 발기에 그녀는 적잖이 동요했다.

그가 속삭였다. "성기는 즉흥적이에요. 매번 다른 춤을 추죠."

그녀는 눈을 감았다. 카를로스는 천천히 그녀의 옷을 벗겼다. 열일곱 개의 단추 하나하나를, 아주 섬세하게. 어깨가 드러나자 어깨끈 없는 브래지어 아래에 손가락을 밀어 넣었다. 그녀는 마치 미리 준비한 것처럼 지극히 화려하고 섬세한 속옷을 입은 것이 수줍어서 얼굴이 붉어졌다. 그는 천천히 부드럽게 레이스 속옷을 내렸다. 오똑 서 있는 젖꼭지를 손가락으로 가볍게 문질렀다. 이어 젖꼭지 이쪽저쪽을 왔다 갔다 했다. 시몬은 부동한 채로 가만히 있었다. 하나의 물결이 그녀의 가슴으로부터 저 아래 욕망의 진앙지까지 퍼져나갔다. 붉은 드레스가 바닥으로 떨어졌다. 이어 레이스 속옷이. 그녀는 남자 앞에 나체로 섰다. 낯선 남자 앞에 나체로. 이 남자에게 그녀는 자신을 주려 하고 있다. 그녀는 속으로 독백했다. 수많은 해 동안 고뇌와 오뇌와 피로로 넓어진 자신의 엉덩이를 그가 지금 보고 있다고. 그녀의 사타구니와 음부는 아주 오래 전 포기해 이미 단단히 닫혀 있었다. 그녀는 하고 싶었다, 그러나 무섭다. 불완전한 자신의 몸에 대한 수치와 갈망. 그녀는 아스라이 가라앉았다. 카를로스의 손은 그녀의 몸을 계속해서 발견했다. 그는 손을 그녀의 음부에 부드럽게 놓았다. 자기보다 더 젊은 남자의 애무에 몸을 맡기는 성숙한 열매 위에.

"오, 미 아모레."

그는 사이사이로 빛들이 묻어나는 하얀 면 침대 시트에 그녀를 눕혔다. 그리고 둥글게 파고드는 자신의 리듬에 따라, 예측할 수 없는 여정에 따라 그녀 안으로 들어갔다. 시몬은 결코 이토록 관능적인 애무를 받아본 적이 없었다. 카를로스의 손 밑에 있는 그녀의 짧은 머리는 비단 솜털 같았다. 카를로스는 그의 벌어진 입술을 그녀의 입술 위에 놓았다. 그들은 같은 호흡으로 숨을 쉬었다. 그녀는 다시 모히토의 맛을 느꼈다. 그는 자신의 혀끝으로 그녀의 혀를 놀렸다. 그녀의 입술을 깨물었다. 살짝. 다시 해줬으면 좋겠다고 바랄만큼만, 딱 그만큼만. 눈을 감고 그들은 눈먼 사람들처럼 타자의 몸을 읽었다. 그들 피부의 결은 서로를 희롱했다. 향기가 섞여들었다. 갈색 담배, 강렬한 유혹의 냄새, 마르세유 비누와 백합. 그는 그녀를 길들일 시간을 가졌다. 그가 온 삶을 가져갔다. 그는 관대했다. 그녀는 자신이 아름답다고 느꼈다. 자신을 버렸다. 그들은 키스했다, 그들은 불붙었다.

그렇게 오랫동안 시몬이 붙들어 왔던 결심이 무너졌다. 보호막들이 무너졌다. 그녀는 더는 보주의 어린 시골뜨기가 아니다. 디에고의 엄마가 아니다. 남자한테 배신당한 여자가 아니다. 그녀는 카를로스의 욕망이다. 그녀는 자신의 환멸을, 자신의 나이를 잊었다. 그녀는 대범하게 자신의 입술을 그의 피부 위에 갖다 대었다. 탐식가처럼 그를 맛보았다. 뜨거운 피부, 축축하고 단 피부. 애무가 훨씬 분명해졌다. 카를로스의 손은 전문가처럼 날렵했다. 민첩했다. 식견가다. 그는 시몬의 손을 안내했다. 그녀는 두려워 움찔했다. 그녀는 이 전율을 사랑한다. 뒤섞인 호흡, 숨결, 몸의 안달, 위급함의 갈구, 용연향 냄새가 나는 연못, 활처럼 둥근 성기. 그녀는 그에게 취해지고, 꽃잎처럼 벌어졌다. 그녀는 쾌락에 몸을 맡겼다. 그는 그녀 안으로 들어왔다. 왕성하게, 정복자처럼. 그는 다시 자기한테 갔다가, 속도를 늦추다가, 다시 왔다. 천천히, 부드럽게. 그의 둔부는 물결치고, 한 번도 발표된 적 없는 새로운 춤을 즉흥적으로 만들어냈다. 그녀의 귓속에 스페인어로 몇 단어를 중얼거렸다. 그의 박자를 타고 흐르는 오페라, 남자의 레치타티보. 시몬은 어둠 속에서 수천 개의 색깔을 보았다. 투우사의 엉덩이에 매달렸다. 자길 데려가도록 내버려두었다. 그녀의 방에서 나가 더 멀리, 파리에서도 나가 더 멀리, 아르헨티나에서도 나가 더 멀리.

새벽, 그가 그녀를 깨웠다. 그녀는 몇 년 전부터 혼자 잤다. 오늘, 벗은 남자의 성기가 그녀의 등 뒤에 닿아 있었다. 그는 침묵 속에서 다시 한 번 그녀 안으로 밀고 들어왔다. 공모. 단어가 필요 없다. 젖빛 피부와 파라과이 차 같은 피부, 향료와 라일락. 더는 나이도 없다. 하나로 연결되고 영혼이 결연되어 혼융이 된 그들은 이제 하나다. 그녀는 한 번도 이 느낌을 경험해보지 못했다. 같은 밤, 그녀는 여러 번 희열을 느꼈다.

"몸은 속이지 않네요." 그녀는 다시 잠이 들면서 그에 대고 속삭였다.

시몬이 먼저 깼다. 연인을 깨우지 않기 위해 발끝을 들고 걸었다. 그녀는 아침 식사를 준비하는 동안 방 안의 그를 살짝 엿보았다. 좋다. 다시 부엌에 돌아왔다. 부엌 안쪽 벽의 페인트가 조금 벗겨진 것을 보고는 머리 구석에 나중에 손봐야 한다고 적었다. 지금은 그게 중요한 게 아니다. 너무 애지중지하게 될 남자를 갖게 되는 일이 그녀에게 자주 일어나는 일은 아니니까. 그녀는 전날 구운 빵을 꺼냈다. 그리고 몇몇 조각으로 잘랐다. 겉은 바삭거리고, 안은 부드럽다. 훌륭하다. 그녀는 잼 통을 열었다. 그리고 찬장에서 베르가모트 차를 꺼냈다. 황홀한 아침. 화병 안의 꽃들을 정리하고 촛불을 켰다. 색상의 균형을 맞추며 과일들로 바구니를 장식하고 클래식 방송에 라디오 주파수를 맞췄다.

"이어 슈베르트의 '방랑자 환상곡' 다장조 3악장을 듣겠습니다."

그녀는 이 곡을 알지 못한다. 사실 슈베르트도 모른다. 그래도 사랑의 하루를 시작하기 위해서는 더없이 완벽한 곡 같았다. 그녀는 몸이 좀 아파왔다. 그러나 너무나 달콤한 아픔이다. 붉은 드레스의 효과를 생각했다. 그녀는 미소 지었다.

카를로스가 부엌으로 들어왔다. 단호한 걸음걸이. 그녀 앞으로 지나갔다. 마치 로봇처럼 라디오로 가더니 바이올린 선율이 한창인 슈베르트를 잘랐다. 그리고 의자에 똑바로 앉았다. 그는 어제보다 더 커 보였다. 그의 입술에서는 한마디도 나오지 않았다. 그의 콧구멍에서는 어떤 숨결도 나오지 않았다. 자기 앞에 놓인 의무인 양 바게트에 눈을 고정하고 매우 집중했다. 오른손에 금속 칼을 잡고 나무 도마 위에 놓인 빵을 푹푹 잘랐다. 버터 속에 꽂힌 칼날. 분명하고 규칙적인 움직임. 앞으로 뒤로, 앞으로 뒤로. 집에서 만든 오디 잼 속에 숟가락을 푹 담그고. 정확한 크기의 타르틴을 만들었다. 어떤 것도 초과되는 것이 없었다. 분량이 정해져 있는 듯이 밀리미터까지 맞춰 정확히 우유를 따르고. 수년 전부터 계속되어온 완벽하고 건조한, 반복적인 동작으로 각설탕을 넣었다. 숟가락을 들고 돌리고 다시 놓고. 차 한 모금을 마셨다. 타르틴 한쪽을 베어 먹었다. 이어 시계 바늘 방향으로 찻잔을 한 번 돌렸다. 다시 한 번, 또 한 번, 네 번째. 그리고 한 모금. 타르틴 한 입. 스무 번의 홀짝임. 다섯 번의 타르틴. 공모의 미소도 없고. 그들 지난밤의 영수증도 없고. 눈썹의 떨림도 없고. 침묵. 타르틴을 부수는 아래턱 소리에 구멍이 나는 침묵. 남자의 내장 속으로 베르가모트 차가 흘러내렸다.

그는 일어났다. 시몬의 엉덩이를 툭 한 번 치고는 입구에 있는 그의 잠바를 집어 들더니 멀리서 두 손가락으로 키스를 보냈다.

"당신은 아주 뛰어난 학생이에요. *하스타 루에고!(또 만납시다!)*"

시몬은 움직이지 않았다.

그녀는 잼 단지를 봤다. 버려진 빵 껍질을 봤다. 그리고 화병 속의 꽃들, 그가 건드리지 않은 과일들, 켜진 초, 조용한 라디오. 그녀는 테이블을 한 바퀴 돌고는 의자를 제자리에 다시 놓았다. 촛불을 끄고, 의식

없이 방으로 향하는 몽유병 환자처럼 제 방으로 들어갔다. 그리고 뭉개진 침대를 보았다. 침대 시트를 벗기다가 카를로스의 베개에 얼굴을 파묻고 눈물을 흘렸다. 눈물은 저기 저 멀리서 왔다. 아르헨티나에서는 절대 흘리지 않았던 눈물. 고독했던 그 수많은 해 동안 절대 흘리지 않았던 눈물. 텅 빈, 굴욕당한, 터질 것 같은 슬픔. 그는 그녀에게 미 아모레라고 말했다. '내 사랑'. 그녀는 그가 자신을 사랑한다고 믿었다. 그녀는 세탁기로 가서 속옷들을 쑤셔 넣었다. 90도로 세탁 버튼을 돌렸다. 전신의 힘으로 세탁기 둥근 뚜껑을 닫았다.

그녀는 차를 마시기 위해 부엌으로 돌아갔다. 흘러넘칠 듯 차오른 황홀한 아침 찻잔을 들어 올리다 갑자기 밀쳐버렸다. 그리고 일어났다. 생수병을 꺼내 한 잔 따랐다. 그리고 술잔을 비우듯이 꿀꺽 물을 들이켰다.

시몬은 그에게 속았다. 카를로스는 그녀의 남자가 아니다. 그녀에게 어울리는 사람은 전혀 다른 사람일 것이다.

1미터 80센티미터, 얼굴은 조금 피곤해 보이고, 면도도 안 한 갈색 곰, 발바닥은 크고, 비틀어진 눈썹 위에 사마귀 점. 그렇게 상냥하지도 않은, 그녀가 반해버린 투덜이. 그는 부엌으로 들어올 것이다. 코 위에 안경을 걸치고, 손에는 담배를 들고, 이렇게 투덜거리며.

"여보, 이 커피 당신이 내린 거야? 너무 진해!"

어두침침한 얼굴, 뾰로통함이 온 공간을 채울 것이다. 하지만 그는 내게 안녕이라고 인사하겠지. 슈베르트를 감상하겠지. 꽃들을 보겠지. 그의 거친 목소리, 고향인 알제리를 떠올리게 만드는 특유의 억양. 장-피에르 바크리. 벽에 등을 기댄 채, 작은 테이블 뒤에서, 그는 그녀의 집에 있을 것이다. 빛나는 눈을 한 남자가 커피 잔에서 눈을 들어 올리며 그녀를 볼 것이다.

부드러운 열기가 시몬을 덮쳤다.

그는 잼 단지에 숟가락을 서투르게, 마구 집어넣을 것이다. 빵에 넓게 펴 바를 것이다. 이빨로 물어뜯을 것이다. 약간의 잼이 그의 입술 가장자리에서 방울져 떨어질 것이다. 그래도 신경도 쓰지 않겠지. 그러다 오디가 눈에 띨 것이다. 특별히 생각하지도 않고 그냥 오디를 움켜쥐겠지. 그리고 만족할 것이다. 그는 일어나서 그녀의 뺨에 소리가 나게 키스해줄 것이다.

"흠……, 나의 시몬, 이런 게 인생이지."

그녀는 장-피에르 바크리가 출연한 모든 영화를 다 보았다. 모든 대사를 외운다.

하지만 영화보다도 그의 인터뷰를 좋아했다. 그의 진짜 모습이 새어 나오는 것이 좋았다. "미소, 그게 진심이 아니라면 나는 미소를 짓지 않습니다. 그럴 바엔 심각한 표정이 낫죠. 영웅? 그건 짜증나는 겁니다. 나에게 인간은 다리를 가진 모순덩어리입니다. 나는 사람들을 좋아합니다. 연약하고 좀 게으른, 그런 사람을 좋아합니다. 그런 게 좋습니다."

그러나 바크리는 확실히 자유의 몸이 아니다. 세상이 그렇다. 괜찮은 남자는 이미 임자가 있다. 반에 만족하느니 차라리 혼자가 낫다. 장-피에르 바크리 전부! 아니면 아무도 필요 없어.

그 일이 있고 얼마 후, 시몬은 여자들이 사는 아파트의 문을 열고 들어왔다.

⚜

10년이 지났다. 시몬은 건물 지하 창고에 서 있다. 손에 들린 댄스 슈즈. 그녀는 망설였다. 선반 위에 올려놓고, 문을 닫았다. 간다. 다시 왔다. 다시 잡았다. 아마도 그녀는 춤을 추러 가기 위해 이곳에 돌아올 것이다. 그녀는 모른다.

집에 돌아와서는 적갈색의 굵은 털 뭉치에 코를 맞댔다. 깊은 눈동자로 그녀를 바라보는 그 녀석과.

"이리 와, 장-피에르. 와서 시몬에게 안겨봐."

15

거리는 텅 비었다. 일주일 내내 추웠다. 장-피에르마저 매일 하던 산책을 포기할 만큼. 여자들의 아파트에서는 어떤 소리도 나지 않았다. 다들 자기 집에 틀어박혀 있다.

2층, 침대에 앉아 줄리엣은 생각했다. 다들 누군가를 꿈꾸고 있는지, 미래를 생각하는지, 사랑 없이 생을 끝내려고 하는지. 그리고 대나무에게 말을 거는 여왕과 좋은 관계를 유지하게 될지, 머리 위로 발을 올리는 요가 중독자와 친하게 지낼 수 있을지 생각했다. 이 집에 들어 온 이후로, 그녀는 어떤 장면을 자주 떠올린다. 시나리오는 항상 같다.

비가 내린다. 줄리엣은 안락의자에 푹 들어가 있다. 창문 밖 뒤섞인 회색 하늘을 본다. 두터운 천연 양털 양말과 방울 술 달린 슬리퍼, 그리고 침대에서 입고 있던 셔츠 그대로. 무릎 위에는 온열기를 올려놓고 깍지 낀 손에 힘을 준다. 테이블 위에는 초콜릿 상자.

모든 게 나이 들었다. 타피스리, 벽, 가구, 사람들. 그녀 역시 늙었다.

한 남자가 숟가락으로 접시를 두드리며 반복한다. "초콜릿, 초콜릿, 초콜릿." 관리자인 듯한 사람이 그를 벽을 보고 있게 한다.

방문객들이 도착한다. 그들은 세 그룹으로 나뉜다. 첫 번째 그룹은 슬픔에 차 있다. 두 번째 그룹은 계속해서 시계를 본다. 마지막 사람들은 그들이 사랑하는 사람의 밝은 모습을 보기 위해 한껏 익살을 떤다. 그들의 대사는 한결 같다. "오늘은 뭐 먹었어?" "간호사들은 친절해?" "그때 아프다고 했던 건 좀 어때?"

옆방 여자는 귀가 잘 안 들린다. 공동 거실에 틀어놓은 텔레비전 소리도 못 듣는다. 의사가 제안한 보청기도 거부했다. 그녀는 차분해 보인다. 어리석은 농담들을 피하기엔 그편이 나으리라. 사위가 그녀에게 거의 소리치듯 이야기한다.

줄리엣에게는 방문객이 없다. 아이도 없다. 연인도 없다. 구애자도 없다.

이 재앙 같은 시나리오의 끝은 늘 같다. 공기 중에 치솟은 하얀 머리, 요정을 닮은 한 남자. 그는 케이크 위에 있는 백 개의 촛불을 분다. 그녀는 안다. 그가 왕자임을. 그는 매력적이다. 그녀는 문을 연다, 장롱을 연다, 서랍을 연다. 그녀는 무도회 드레스도, 다람쥐 가죽 실내화도 찾지 못한다. 내 티아라가 어디 갔지? 방의 이곳저곳을 뛰어다닌다. 침대 아래도 살펴본다. 고개를 드니 침대가 사라졌다. 그 자리에 지팡이, 틀니, 변기 달린 휠체어가 있다.

줄리엣은 소스라치며 망상에서 깨어났다. 장-피에르가 책을 떨어뜨렸기 때문이다. 그녀는 컴퓨터로 달려가 주소를 하나 쳤다. 1만 7523명이 미팅 사이트에 줄 서 있다. 손을 뻗어 클릭만 하면 된다.

'날 구원하기 위해서는 정말 한 사람만 있어도 돼. 오늘 저녁 나는 남자를 찾을 거야! 내 눈을 깊이 바라보는 남자, 그는 내게 이런 말을 할 거야. 내가 평생 기다려온 사람이 바로 당신이이에요.'

줄리엣은 새로운 프로필을 작성했다. '나는 현기증 나도록 높은 굽이 달린 샌들과, 도시의 전설, 그리고 오렌지 절임이 박힌 다크 초콜릿을 좋아해요.' 그리고 급구 란에다 체크 표시를 했다. '남자를 찾는 여성, 서른에서 마흔 사이, 사랑을 위해.' 이어 남자들의 아이디가 눈사태처럼 밀려왔다. 시라노, 귀여운 산적, 조로, 샤투네, 디아블로, 개츠비, 잭러브, 살뤼비루트, 투피……

현기증이 인다. 485개의 사진들. 볼이 통통한 남자, 윤기 하나 없는 남자, 음험하게 생긴 남자, 눈썹이 딱 붙어 있는 남자, 긴 수염. 점점 더 빨리 지나쳤다.

'없어, 없어! 없어!'

어떤 가슴 떨림도 없음. 사진을 크게 해봐도 소용없다. 줄리엣은 프로필을 열기 위해 클릭했다.

'이 사람은…… 여행자? 이거 흥미 있어! 여행자여, 그대는 어디로 가는가? 여섯 달 동안 퀘벡으로? 에이, 버려! 그 다음!'

하단에 편지 봉투 아이콘 하나가 반짝거렸다. 제빌롱의 메시지.

'여긴 뭐가 이렇게 정신이 없어. 너무 빨라.'

나이는 상관없음. 주름도 괜찮아요. 날 흔들리게 하는 시선, 날 유혹하는 걸음걸이만 있음 돼요.

'제빌롱이라는 이름으로 날 유일하게 부른 거면 좋겠네. 2만 번 복사하기 붙이기 한 게 아니라. 그 다음!'

우리들 이야기에서 아름다운 빛들이, 재치 있는 아이디어들이, 부드러움이, 서투름이, 식욕이, 비약과 절제가, 웃음과 눈 속의 별이. 어린 왕자가.

'이게 무슨 소리지? 다음!'

화면 위에 여러 창이 동시에 열렸다. 위에서 아래로 주르르.

'자, 어쨌든 하나씩 살펴볼까.'

당신은 어떤 사람인가요? 나는 발까지 나온 사진도, 옆모습과 등 사진도 보고 싶어요. 우리가 진도를 나가기 전에.

'뭐, 중고 거래라도 하는 거야? 장롱을 사겠다는 거야, 날 사겠다는 거야. 에이, 다음!'

지상의 토요일 저녁, 파리는 재즈를 부른다. 기질은 시적이고, 몽상가는 함께 춤을 출 것이다. 줄 위의 곡예사. 위대한 개츠비.

줄리엣은 화면을 가볍게 만졌다. 그리고 속삭였다.

"흠…… 나는 이 신비로움이 좋아. 개츠비 또 써줘요."

'헉, 내가 지금 뭐한 거야? 모니터에 대고 말했어? 미친 거 아냐? 뇌가 어떻게 된 거 아냐?'

그는 사라졌다. 또 다른 게 왔다. 대화 상자가 열렸다. '댄디 247'.

풍경이 판판한지 계곡이 져 있는지 궁금합니다.

모나기보다는 완만하죠.

우리들 사이에 뭔가, 작은 어떤 게 지나가는 거 같지 않아요?

?

어디 살아요? 주소 좀 줘요!

전 집이 없어요.

'알려주고 싶어도 우리 건물은 남자 사절이에요.'

안녕~

벌써?

빵에 버터 바르려고 여기 이러고 있는 거 아니니까.

그렇다. 지금 시대에는 서로 이름과 성을 알기도 전에 잠을 잔다. '댄디 247'과 '구두 신은 고양이'는 서로 강렬한 성적 쾌감을 누린다. 그리고 이렇게 말한다. "반가웠어. 넌 이름이 뭐니?"

'으…… 그래, 뭐, 그럼 이번엔 스피디 댄디랑 얘길 해볼까?'

나는 바로 터트릴 수 있는 러시아 폭탄이야. 생각 있어?

러시아에 있는 거야? 파리 아니고?

나는 동시에 아무 데나 있어. 네가 파리라면, 난 파리에 있어. 그저 선택만 하면 되지. 카페 앞에 앉았다가, 침대로! 아, 코에 여드름이 있네, 다음! 아, 뺨에 점이 있네. 딴 데로 가자! 말을 걸어오는 게 열다섯 명이 넘으니까. 게다가 무료잖아.

'네가 나와 결혼하고 싶다면 노력을 해야 해. 스피디 댄디.'

줄리엣의 부모가 그녀를 완전히 잊었던 또 다른 날, 일곱 살인 그녀에게 간식을 나눠준 작은 소년을 떠올렸다. "자, 받아." 그녀는 스물다섯 때부터 그를 찾아 다녔다. 보호자.

'분명 세상 어딘가에 있을 거야. 내 슈퍼 히어로.'

그녀는 갑자기 화면에 대고 소리쳤다.

"그런데 어딨냐고? 내 눈앞에 좀 나타나. 숲에서 나와. 이놈의 인터넷 싫어 죽겠어! 진짜 남자가 필요해! 차 안에서 내 옆에 앉을 사람! 휴가를 같이 가고, 인생을 나눌 사람!"

줄리엣은 그만 일어났다. 거실을 가로질러 부엌으로 갔다. 초콜릿 푸딩을 먹고, 다시 침대에 앉아 노트북을 잡았다. 새벽 3시. 아직도 237명이 접속해 있다.

'만약 이런 나를 여왕이 본다면!'

그녀는 클릭했다. 또 클릭했다. 이미지들을 게걸스럽게 삼켰다. 잠깐! 뒤로 가보자. 끔찍한 것들 사이에 길을 잃은 주드 로 발견! 초록불! 온라인! 그가 있다. 바로 그곳에.

'삼나무 냄새 나니? 뜨거운 목소리를 갖고 있어? 부드러운 손을 갖고 있어? 내 모든 의심들을 수용할 만큼 충분히 넓은 가슴을 가지고 있니?'

그녀는 호흡을 정지하고 그의 프로필을 열었다. 읽는다. 그다! 그녀는 그를 찾았다! 계속 읽었다. 그런데 페이지 하단에 이런 말이 쓰여 있다.

나는 이 사이트를 떠납니다. 내 인생의 여자를 만났어요. 나는 매우 행복합니다. 당신의 관심과 메시지 감사해요. 당신도 행운이 있기를……

'안 돼!!!!!'
줄리엣은 부엌으로 가서 두 번째 초콜릿 푸딩을 먹었다.
다시 모니터 앞에 앉은 그녀는 '버디'에게 받은 메시지를 열었다.

당신, 모든 것이 닫힌 샤크라를 가지고 있군요.

'으잉? 저 사진 뭐야, 크리스탈 공이잖아! 뭐 인사도 없이, 내가 닫힌 샤크라를 갖고 있대.'

줄리엣은 키보드를 두드렸다.

> 내가 닫힌 샤크라를 가진 걸 어떻게 알아요?

> 미친 기운도 함께 있군요. 우선 영혼의 문을 열어야 해요. 그러나 천천히, 아주 천천히.

'이 남자는 로잘리 언니랑 잘 맞겠군. 둘이서 함께 영혼의 문을 열면 되겠네. 언니가 프랑수아를 잊지 않았다는 것만 빼면. 벽난로 위에 있는 그 엽서들만 봐도 알지. 그래도 누가 알아? 어느 날 갑자기 모두 잊어버릴지. 아님 주세피나 언니? 일 년에 한 번씩 그녀의 샤크라를 열어주는 거야. 카사 셀레스티나의 꼭대기 층에도 남자가 한 명 있으면 정말 좋겠고. 어쨌든 다음!'

> 당신은 나보다 좀 어리죠. 나는 아마도 당신이 찾는 사람은 아닐 겁니다. 하지만 모든 것이 불완전하니까요.

'도대체 몇 살인데? 일흔셋! 니스에서 겨울을 보내기엔 내가 너무

젊어. 다음!'

내 이름은 마르코. 나는 도시를 걷는 것을 좋아합니다. 동네를 발견하고, 오후에는 어두운 방 속으로 들어가고. 모든 영화들을 좋아해요. 오드리 헵번과 함께하는.

줄리엣은 즉시 대화창을 열었다.

제일 좋아하는 영화는?

로마의 휴일.

나는 전쟁과 평화.

당신, 그녀와 닮았어?

전혀.

모니터는 잠시 침묵했다.

'그나마 정상적인 대화를 한 최초의 남자네. 그런데 왜 말이 없지. 접속이 끊겼나? 뭘 잘못 건드렸나? 아냐, 아냐. 그가 나갔어. 날 거부한 거야? 어디서 이런 놈이.'

줄리엣은 노트북에 이불을 휙 던졌다.

'에잇!'

그녀는 이불을 걷고 다시 노트북을 잡았다. '주주'. 새로운 메시지가 도착해 있다. 자판을 쳤다. '당신은 어떤 사람인가요?' 그리고 '보내기'를 눌렀다. 마지막 남은 초콜릿 조각인 것처럼.

16

1층, 주세피나는 자지 않는다. 집 안은 온갖 물건이 전시된 벼룩시장 같다. 모든 물건들이 고물이다. 지하철 이동 선반은 낮은 탁자로 쓴다. 오돌토돌한 장식이 달린 샹들리에와 박제된 세 마리 표범이 아연 재질의 낡은 계산대 위에 당당히 자리하고 있다. 기차역 시계는 바닥에 놓여 있는데, 그 옆에 밀랍 칠을 한 금속 대문자 장식들이 같이 있다. 70년대 풍 둥근 소파, 오렌지 빛 긴 털이 촘촘히 박힌 모던한 카펫, 팔 하나가 없는 커다란 피노키오 목각 인형. 잡스럽고 불규칙적인 것들의 기묘한 조화. 그녀는 낡은 사진 틀 안에 흑백의 클리셰들을 수집했다. 덧창이 내려진 집과 그 문 앞에 앉아 있는 시칠리아의 노인들, 태양에 수척해진 고양이들. 그녀가 앉는 가지색 비로드 천이 씌워진 두꺼비 모양의 소파와 그 발치에 놓여 있는 산타고스티노 와인 병. 주세피나는 손에 포르투나의 사진을 꼭 쥐고 있다. 그녀의 딸. 너무 오랫동안 안아

보지도 못했다. 쿠션 아래로 그녀는 사진을 밀어 넣었다. 그리고 붉고 뜨거운 와인을 한 모금 마셨다. 어린아이였을 때, 하루 일과가 끝나면 숨어서 몰래 그랬던 것처럼.

'항상 9월이었지.'

세 형제, 세 명의 부인 그리고 열두 자식이 모여들었다. 그들이 해야 만 하는 불가피한 의식을 위해서. 이 대가족은 집에서 몰래 포도주를 만들었다. 그들은 항상 그렇게 해왔다. 처음엔 그들의 나라에서, 지금 은 이 프랑스 북부의 작은 마을에서. 어떤 것도 그들이 이 일을 계속하 는 것을 방해할 수 없었다. 시칠리아에서부터 트럭이 왔고, 검은 포도 로 가득 찬 커다란 황마 자루를 몰래 내리기 위해 이웃들이 다 잠들기 를 기다렸다. 남자들은 여러 번 왔다 갔다 하며 발랑시엔의 작은 작업 장 지하 저장고에 귀중품을 내렸다. 줄 끝에서, 전구가 노란 불빛을 퍼 뜨리고 있었다.

주세피나는 보이지도 않는 사람 앞에서 그녀의 잔을 들었다.

"아빠, 난 이게 좋아. 내가 애기 때, 페피노 삼촌은 내 우유에 포도주 몇 방울을 떨어뜨렸어. 피콜리니 피자엔 딱 좋다며. 조금 더 커서는 내 작은 발로 큰 나무통 안에 든 포도를 밟아야 했지. 처음으로 아빠가 내 게 그걸 내밀었을 때, 난 나보다 더 큰 통을 올려다봤어. 하루 종일 제 자리에서 발을 굴러야 했지. 아직도 아빠가 고함치는 소리가 들려. '아

반티, 코제타!(꼬맹이, 어서 밟아!)' 나는 저녁이 되면 완전 기진맥진해졌어. 온 몸의 근육이 아팠어. 내 발은 보라색이 되었고, 싸구려 포도주 냄새가 배었지. 학교에서는 분홍색 앞치마를 입은 여자애들이 날 놀렸고.

생-마르탱에서 아빠는 아주 진지한 표정으로 우리의 트로피를 맛봤어. 일이 잘 되면, 한 가족 당 400리터는 나왔으니까. 하루에 한 병, 일 년 동안의 세례식과 생일, 영성체 때 쓸 것까지 조금 더. 수확이 안 좋으면 아빤 화를 냈지. 일 년 후, 일은 다시 시작되었고. 더러운 발, 시큼한 냄새, 조롱. 딸들의 인생을 망가뜨린 당신네 전통. 나는 사진 공부를 하고 싶었어. 사람들을 찍고 싶었어. 그런데 아빤 싫어했어. 그런 건 하지 말랬어. 아빤 읽을 줄도 쓸 줄도 몰랐지. 학교에 가는 것, 그건 웃긴 거라고 생각했어. 아빤 나의 꿈을 죽였어. 살인자!"

주세피나는 아예 병째 마시기 시작했다.

"나는 내가 원하는 걸 마셔. 아빠가 나한테 그걸 못하게 할 순 없어! 절대 어떤 남자도 나한테 이래라 저래라 할 수 없어! 나는 자유야! 내 어린 시절 최악의 추억은 내가 무조건 복종해야 했던 당신, 바로 당신, 너야! 아빠, 기억해? 울음소리, 검은 연기, 미친 사람들. 사이렌 소리가 들렸을 때 난 지나 고모 집에서 숙제를 하고 있었어. 나는 집으로 달려갔지. 사람들이 우리 집 앞에 구름처럼 모여 있었어. 소방관들은 집이

133

무너질 수 있다며 아빠를 못 들어가게 했어. 그런데 아빠 프랑스어를 모르는 사람처럼 굴면서 그들을 밀쳤어. 나는 연기 속으로 들어가는 아빠를 보았어. 아빠 들어가더니 손목시계, 십자가 목걸이, 양복을 가지고 나오더라고. 영웅! 이웃 사람들이 아빠에게 박수를 쳤어. 아빠 엄마와 나를 위해선 단 하나도 구한 게 없어. 난 열두 살이었어. 난 아무것도 없었어. *니엔테!*

지금은 약간의 평화를 찾았지. 그런데 줄리엣이 나타났어. 그 여자애, 그 애는 사랑을 찾아! 그게 다른 사람들을 미치게 하더군. 말도 안 되는 여배우 신발 컬렉션을 하고 있는 그 여자애를 봤을 때, 난 도대체 애가 우리 건물에서 뭘 하는 짓인가 싶었어."

주세피나는 일어섰다. 손에 병을 들고, 그녀는 2층 줄리엣의 집으로 가는 계단을 절뚝거리며 올라갔다. 술을 마셔서인가? 오늘은 유독 다리가 무거워 잘 끌어지지도 않았다.

"카를라는 자기 아슈람을 찾아 떠났어. 그리고 자기 자리에 악마를 갖다놨어. 내 의견은 묻지도 않고. 그걸 허락한 여왕! 가만 안 둘 거야! 더는 군주제가 아냐!"

그녀는 줄리엣의 문에 대고 고래고래 소리를 질렀다.

"야, 로미오가 있을 것 같아? 넌 그걸 믿냐? 나에겐 골든 티켓이 없어. 너도 없어, 이젠! 네가 젊다고 다가 아냐. 넌 이제 뚱뚱해질 거야! 그런 식으론 안 돼. 아무도 내 생각을 못 바꿔. 특히 인생에 대해 아무것도 모르는 너 같은 어린 애는. 네가 오기 전엔 모든 게 훨씬 나았어. 다시 짐 싸들고 가버려! 우린 카를라의 귀환을 기다린다고!"

주세피나는 다시 1층으로 내려갔다. 비틀, 난간을 잡았다. 절뚝거리며 자신의 집으로 들어갔다. 그리고 문을 닫았다. 쥐고 있던 와인을 목구멍에 들이부었다. 그러고선 벽에 병을 던졌다. 병에 남아 있던 와인이 피노키오 어깨 위에 방울방울 떨어졌다.

"난 사랑을 포기하지 않았어! 사랑이 날 원하지 않아, 제기랄!"

17

이미 여러 주, 매주 화요일, 줄리엣은 여왕의 물건들을 날랐다. 리스트는 변함없이 생수 여섯 통으로 시작됐다. 한 통에 2리터. 늘 운동보다는 영화를 좋아하던 이 집 막내가, 양손에 무거운 장바구니를 들고 계단을 낑낑대며 올라갔다.

5층 계단참에 오르자, 바흐의 골드베르크 변주곡이 들렸다. 줄리엣은 영화 〈잉글리시 페이션트〉가 생각나 웃었다. 그녀는 그 영화를 완전히 새롭게 편집할 수도 있을 것이다. 그 정도로 각 장면을 다 외우고 있다. 자유롭지 않은 손 대신 팔꿈치로 둔탁하게 문을 두드리고 문손잡이를 밀었다. 부엌에 짐을 내려놓기 전에 테라스에 있는 대나무를 힐끔 쳐다봤다.

'저기서 꽃이 핀다고?'

방 한가운데서 여왕은 줄리엣에게 보랏빛 시선을 던졌다.

"밤에, 남자애들 만나니?"

'누가 날 밀고했다!'

"누가 그런 말을 해요?"

"나한테는 안테나가 있어."

'3층이나 떨어져 있는데? 생명공학 안테나야?'

"걔들은 여기 들어오지 않았어요."

"그럴 순 없지."

"여왕님의 말도 안 되는 규칙은 좀 과해요. 무슨 권한으로 이 건물 세입자들의 기회를 박탈하는 거죠? 다시 행운을 잡을 수도 있잖아요."

"그들은 피난처에 와 있는 거야. 나는 그들을 보호하는 거고."

"아니에요! 당신은 그들을 가두는 거예요."

반항아는 시장바구니를 난폭하게 바닥에 내려놓았다. 물병들이 마구 부딪혔다.

"그들은 잠깐 휴식기를 갖는 거예요. 자기 상처를 돌보고, 힘을 추슬러 다시 떠날 수도 있어요. 여기선 다들 유배중인 거 같아요. 이래라 저래라 하지 마세요. 사랑, 그건 모든 거예요."

"나는 천 명의 남자를 살았어."

"나도 알아요. 천 명의 남자, 천 개의 섬광. 하지만 다 당신 같진 않아요. 다 남자를 수집하는 디바가 아니에요, 당신처럼."

"그만, 줄리엣! 넌 모르겠지. 그게 별의 생애야. 뉴욕에서 하루 저녁,
도쿄에서 하루 저녁."

"순회를 그만 둔 지 몇 년이나 됐죠?"

줄리엣은 벽의 절반을 차지하는 거대한 흑백 사진을 쳐다봤다. 눈
을 감은 채 웃음을 터뜨리는 한 남자. 그의 얼굴 위에는 검은색으로
'fou'라고 쓰여 있다. 그녀는 처음으로 사전에서 단어 'fou'의 정의를
찾았다. '이성을 잃은 자, 미친 자, 미친 자들의 역사, 미치게 즐거운, 미
치게 격노한, 미친 자들의 집.' 미친 웃음은 빨간색이다.

"나는 내 이유들이 있어."

줄리엣은 다시 여왕을 쳐다보았다.

"그들은, 그들은 사랑을 포기하기에는 너무 생생하게 살아있어요."

"모든 사람이 너 같진 않아. 굶주려 있지 않아."

"나 같지 않다구요? 지난 밤 내 문에다 퍼부으며 울던 주세피나는
요? 다들 가만히 듣고만 있었어요. 그걸 어떻게 설명할 건데요? 그 울
부짖음. 사랑을 하지 않으니 미칠 거 같은 거예요."

"그건 다른 거야."

"당신은 당신 명령에 몸을 조아리는 시녀들을 옆에 끼고 있으려는
거예요. 왜냐하면 그래야 당신 마음이 정리가 되니까. 혼자 늙지 않으

려고. 당신은 수벌에게 창문을 열어줬어요. 하지만 이 여자들은, 날개를 잘랐어요."

"여자들은 매일 스스로 날아서 이리 들어와. 자기들 내키는 대로 매일 저녁 돌아오는 거야."

"하지만 돌아올 때 불법으로 뭘 들여오진 않았나 조사하잖아요."

여왕은 소파 팔걸이에 몸을 기대고 이맛살을 찡그리며 앉았다.

줄리엣도 표정을 숨기지 않았다. 같이 찡그렸다.

"당신도 여전히 사랑에 빠질 수 있어요."

"내가? 이미 늦었어."

"그건 당신 나이 때문이 아니에요. 당신의 거만함 때문이에요. 그게 유혹을 방해하는 거예요. 살아있는 화석으로 인생을 끝낼 작정이세요?"

"자기 한계를 넘기 위해, 완벽함에 도달하기 위해 자기 몸을 다 탈구시킨 모든 발레리나들처럼, 내 인생도 끝날 거야. 소금도 없고, 초콜릿도 없는 삶. 어쨌든 발레 스커트에는 호주머니가 없어."

'남자가 뜨거운 팔로 나를 안아주면 초콜릿 생각이 덜 나겠지.'

"몇 분의 박수갈채를 위해 수많은 시간을 희생하고."

여왕은 한숨지었다.

"황홀한 피로. 육체적 사랑을 하기 위한 에너지도 더는 없어……. 몇 가지 너에게 고백할까? 무대 위에서의 그 수많은 황홀경 이후, 우리가 다른 쾌락을 욕망하기 위해선 신들이 필요해졌어. 모리스 라벨이 말했어. '나의 유일한 애인, 그것은 음악이다.' 나는, 나의 유일한 사랑은 춤이야."

"그리고 파비오?"

"파비오……."

여왕의 얼굴이 예쁘게 빛났다.

"파비오 사르토리. 밀라노의 오페라 감독. 아주 특별한 남자지. 섬세하고, 교양 있고. 우리는 이탈리아의 호수, 벨칸토, 유행이 지난 장소에 대한 열정을 공유했어."

'토스카나식 집에서 아름다운 이탈리아 남자와 함께……. 얼마나 좋을까. 나무 아래 놓인 긴 식탁. 시끄럽게 떠들고 웃는 대가족.'

"사랑과 일상은 서로 통하지 않아."

여왕이 줄리엣의 속을 읽은 듯이 말했다.

"만일 내가 내 모든 인생을 파비오와 함께했다면, 매일 밤 같은 침대에서 잠들었다면, 난 그가 거대한 콧소리를 내면서 꿈을 꾼다는 것을 알게 됐겠지. 나는 소음 방지용 귀마개를 해야 하고, 결국 그 소리를 참을 수 없게 될 거야. 나의 욕망이 고장나버린 걸 알게 될 거야. 20년이 지나면 어쩔 수 없어. 누가 쓰레기를 내다 놓을까? 누가 세금 고지서를 챙길까? 똑같은 단어들 놀이, 예전보다 덜 반짝거리는 눈빛, 모든 마모.

'나에게 감동 좀 줘봐.' 여자는 소파에 구겨져 앉아 있는 남편에게 말하겠지, 마치 상페의 그림처럼."

"정말 귀하고 드문 남자를 만날 수도 있는데, 당신은 그걸 두려워해요."

여왕은 새로운 대결 국면을 교묘하게 피해 갔다. 그녀는 자기 추억만 더 이야기하고 싶어 했다.

"내가 떠날 것이라는 것을 그이는 짐작했지. 그래서 먼저 떠났어. 그는 나에게 이 집을 선사했어. 그리고 증발했어. 그를 동요시킨 이 열정에 미쳐서."

그녀는 팔 사이에 무릎을 집어넣기 위해 힘겹게 다리를 올렸다. 그리고 낮은 소리로 말했다.

"아마 다른 행복의 끝으로 갔을 거야."

침묵이 두 여자 사이에 자리 잡았다. 줄리엣은 여왕이 의구심에 휩싸여 있는 것을 처음 보았다. 발레리나는 비틀거렸다. 불안하지만 넘어지지는 않다. 줄리엣은 여왕의 발치에 가 앉았다.

"아빠가 내가 춤추는 것을 처음 본 건 내가 열 살 때야. 엄마가 내 남동생을 막 낳았을 때지. 엄마는 병원에 있었어. 공연 후에, 아빠는 나를 아주 아름다운 식당에 데려갔지. 나는 커다란 주방과 크리스털 잔, 로마네 콩티, 바쁜 종업원들을 보았어. 이어 우린 귀여운 비단 드레스를 사러 옷 가게에 들어갔지. 아빠는 모든 사람에게 이렇게 말했어. '내 딸은 매혹적인 발레리나예요.' 8일 후에 나는 생리를 시작했어. 아빠의 그 말은 나를 여자로 만들었어.

난 아빠를 기쁘게 해주려고 계속해서 춤을 추었어. 그 말을 다시 들으려고. '내 딸은 매혹적인 발레리나예요.' 그런데 아빠가 갑자기 돌아가셨어. 내가 스무 살 때. 일기장에 이렇게 쓸 일이 생긴 거지. '불시에'라고. 아빠는 매력적이고, 정중하고, 예의바르고, 낮은 목소리에, 마치 우아한 동사 같았어. 늘 정확한 단어라고나 할까. 정말 멋진 남자였어. 나의 첫사랑!"

"사진 있어요?"

"내 방에. 발레 스커트를 입고 경례하는 소녀 앞에서, 웃으며 몸을 기울이고 있는 분."

'나는 한 번도 그런 아빠를 가져본 적 없어.'

18

시몬은 매일 빵을 사러 가는 길에 서점 앞을 지났다. 가끔은 들어가고, 가끔은 진열장에 전시된 책들만 보고 지나쳤다. 그녀는 이곳을 너무나 잘 알고 있다. 나무 책장 선반의 오래된 냄새 그리고 마음을 진정시켜주는 클래식 음악. 서점 주인 마르셀의 목소리에서 느껴지는 열정적 환희. 그가 막 황홀경에 빠지게 하는 맛있는 사탕을 맛본 듯 자신의 최신 발상에 대해 이야기할 때의 그 느낌.

그녀의 첫 책은, 초등학교 선생님이 선물해준 《말썽꾸러기 소피》였다. 독서를 좋아한 촌뜨기. 그건 혼자만의 비밀이었다. 시몬의 부모는 이해하지 못했다. 그녀는 밤이면 침대 속에 숨었다. 작은 손전등과 함께. 시몬은 여전히 이불 속에서 책을 읽는다.

오늘은 여왕을 위한 선물을 사러 왔다. 루돌프 누르예프의 전기, 러시아 발레의 역사……. 그녀 마음에 들 만한 어떤 것. 그러나 어느새 그녀는 마르셀의 심장 소리를 읽기 시작했다. 기쁨이 흘렀다. 그는 글도 잘 쓴다. 항상 책을 열 권은 사고 싶다. 하지만 유혹을 참았다.

예술 코너의 한 책이 주의를 끌었다. 오르세 박물관의 전시회 도록이다.《예술 작품 속의 남성 누드 이야기; 1800년부터 오늘날까지》. 그녀는 까칠까칠한 표지를 만져보았다. 그리고 펼쳤다. 종이가 비단결 같았다. 책장을 손으로 만지고 또 만졌다. 그곳에 펼쳐진 남자들의 몸. 흑백 또는 채색의 사진들. 음영과 빛이 양각이 되고 음각이 됐다. 황홀하다. 시몬은 손가락으로 그 조화로운 곡선을 따라갔다. 근육 마디마디에서 멈췄다.

그 이후 그녀는 얼마나 벗은 남자를 갖지 못했는가? 카를로스. 벌써 10년 전이다. 그것은 어둠 속에서 일어났다. 그리고, 여기, 이 남자. 그녀의 강렬한 시선의 애무에 노출된, 제공된, 그래서 벌써 진이 빠져버린 듯도 한 이 남자. 그러나 그는 절대 소진되지 않을 것 같은 멋진 등을 가졌다. 둥근 어깨. 매끈하고 부드러운 피부. 시몬의 손가락은 책장 위에서 부드럽게 미끄러졌다. 그 몸의 윤곽을 따라갔다. 그의 배꼽 주변에서 돈다.

시몬은 한 남자를 마치 빵을 굽듯 빚어 주조하고 싶었다. 자신의 손으로 그에게 형태를 부여하고 자신의 취향대로 창조하고 싶었다. 그는 온몸을 뻗고 있을 것이다. 머리 위에 팔을 놓을 것이다. 그녀는 그를 앞뒤로 돌려 볼 것이다. 허리의 곡선을 따라가고, 다리의 둥근 윤곽선을, 부푼 엉덩이 선을 강조할 것이다. 특히 그의 성기를 매우 관능적인 형태로 빚어낼 것이다.

시몬은 마르셸을 향해 눈길을 던졌다. 그는 코끝에 걸친 낡은 철 테 안경을 하고 낡은 백과사전에 코를 박고 있었다. 시몬은 다시 시선을 책 속의 남자에게 던졌다. 차가운 대리석에서 튀어나온 한 인간의 육체.

그녀는 상상했다. 그가 잠들었다고. 그리고 그녀는 그곳에, 그 이미지 속에, 그와 함께 있다. 그녀의 존재가 그를 깨운다. 멈춰 있던 남자가 머리를 돌린다. 천천히. 그는 그녀를 본다. 그리고 옆에 누우라는 손짓을 한다. 그녀는 그의 옆에 몸을 길게 뻗고 눕는다. 그들의 다리는 서로 포개진다. 그가 손을 내민다. 그녀의 젖가슴 위로 그려지는 부드러운 애무의 스케치.

시몬은 갑자기 책을 덮었다. 정원 가꾸기 코너로 얼른 발걸음을 옮겼다. 이 책 저 책 뒤적거렸다. 제대로 보는 건 아니다. 그리고 다시 예술 코너로 왔다. 그리고 다시 책을 펼쳤다. 대리석 남자는 아직도 거기 있다. 움직이지 않았다. 그는 그녀를 기다리고 있었다.

그의 성기는 매우 단단해져 있다. 살아 있다. 욕망으로 부풀어, 가볍게 흔들리며……

시몬은 조용하면서도 큰 소리를 내고 말았다.

　그녀는 인사도 하지 않고 서점을 떠났다. 빵을 사는 것도 잊었다. 길가의 사람들과 스쳤다. 르로이 형제의 손 인사에도 대꾸 없이 철물점 앞을 지났다. 방금 서점에서 일어난 일이 마치 그녀 얼굴에 불 글씨로 찍혀 있는 듯 얼굴이 화끈거렸다. 건물 현관문에 들어서자 이 건물에 사는 여자로서 갈망과 관능과 쾌락에 대한 명백한 부정행위를 한 것처럼 느껴져 몹시 괴로웠다. 그러면 그녀들은? 그녀들은 이 불타는 욕망을 어떻게 해결하나? 시몬은 죄의식을 느꼈다. 숨고 싶다. 정신 차려야 한다. 이 방황의 순간을 잊자. 시몬은 이 집의 서약을 충실히 이행하기로 결심했다. 아니야! 그것은 맛있었다. 그녀는 다시 시작하고 싶어졌다. 한 장의 사진과는 아니다.

　"고양이가 한번 크림을 맛보면 다시는 못 말리지."

19

그들은 일주일에 한 번 로잘리를 따라 수영장에 가기로 했다. 자신들이 꿈꾸는 몸을 조각하기 위해서. 그들은 결정을 하던 순간에도 다 같이 웃었다.

시몬은 어느 순간부터 의문이 들었다. 아직도 누군가를 유혹할 수 있을까. 미술책에서 본 아폴론은 그곳에 없을 것이다. 욕망을 절제할 줄 알아야 한다. 이젠 의무적으로 브래지어 컵이 필요하고, 지난 해 8월부터는 태양을 본 적도 없는 이런 몸을 가지고는 아무도 유혹하지 못한다. 그러나 남자들의 시선을 피하고 싶지는 않다. 있는 그대로 보이고 싶다. 시립 수영장에서 수영하는 쉰아홉 살 여자.

줄리엣은 꿀벌들의 활동에 합류해서 행복하다. 첫날부터 그녀는 카사 셀레스티나의 주민들을 그런 식으로 부르고 싶었다. 아마도 여왕 때문이겠지만. 여왕벌답게 그녀는 벌통의 꼭대기 층에서 나오지 않았다.

줄리엣은 여자들과 영화관에도 가고 시장에도 갔다. 로잘리, 시몬과 함께 온갖 채소의 이름들을 배웠다. 그리고 벼룩시장 가판대에 있는 주세피나에게 가서 인사했다.

줄리엣은 갓 구운 빵 냄새와 여왕의 집에서 들려오는 갈매기 소리를 사랑했다. 저녁이 되면 사람 사는 집 안으로 들어가는 것이 정말 좋았다. 일요일을 윙윙거리며 보내는 것이 정말 좋다. 그러나 그 모든 것이 밤을 뜨겁게 하지는 않았다.

건물 철문 앞에 여자들이 모여들었다. 맞은편 건물 2층 창문의 커튼이 반쯤 벌어져 있다.

"바르텔레미 씨군." 로잘리가 말했다. "우린 그의 주요한 오락거리가 되었어. 아내와 사별한 후로 그는 정말 삶을 지겨워하지."

여자들은 일렬종대로 걸어가는 에르베와 그의 아버지, 어머니, 누이, 그리고 누이의 크고 하얀 털방울 같은 강아지와 마주쳤다. 센투리 가족이다. 줄리엣은 속으로 생각했다. 자기도 저런 우스꽝스런 집단을 만들었어야 하는데. 늘 하던 대로, 르로이 형제는 회색 작업용 앞치마를 두르고 여자들에게 손 인사를 했다.

'돌아가기에는 너무 늦었어.' 주세피나는 생각했다. '지난 목요일에 결정했던가? 오늘도 목요일이군. 날짜를 선택한 건 시몬이야. 이상하게 시몬은 목요일을 좋아한단 말이야. 보주에서 어머니랑 매주 목요일에 사냥을 나가던 버릇 때문인가? 황량한 겨울에 토끼 사냥을 하러 떠났다지. 세 사람은 여유 있어 보이는군. 농담도 하고. 당연하지. 그러지 않을 이유가 없지.'

고향에서부터 산을 잘 타서인가, 시몬은 씩씩한 걸음걸이로 걸었다.

줄리엣은 수영장에 사람이 너무 많거나 적지 않을지 생각했다.

로잘리는 다 같이 가게 되어 그저 기뻤다.

수영장에는 타일 포석이 깔려 있었다. 복고풍 매력이 넘친다. 큰 유리창과 옛날식으로 지어진 개인 탈의실이 여러 층에 걸쳐 있었다. 안전요원이 만능 키로 탈의실 문을 열어주었다.

"야간 개장 이후로 여긴 역동적인 약속 장소가 되었어. 불면증에 걸린 수영 선수들과 게이들이 주로 드나들지." 로잘리가 말했다.

'게이들! 여름의 약혼자론 별로네.' 줄리엣은 살짝 실망했다.

"나 추워. 일단 커피 마실래. 카페테리아에서 너희들 수영하는 거 보고 있을게." 주세피나는 투덜댔다.

"이리 와. 우리랑 같이 있어." 로잘리는 고집했다.

'왜 그때 나는 물이 무섭다고 말하지 않았지?' 주세피나는 생각했다. '함정에 빠졌어. 시몬에게 잡힌 토끼들처럼 말이야.'

그들은 신발을 신은 채 파란 플라스틱 가방을 들고 천천히 수영장

실내로 입장했다. 그리고 인접한 네 개의 탈의실로 들어갔다.

"아우, 탈의실이 너무 작네!"

"좀 작게 말해."

"양파를 벗기는 기분이에요. 윗옷, 구두, 스타킹."

"키가 크면 팔도 기니까 여기선 불편하겠어."

'다들 아직도 섹시한 란제리를 살까? 궁금하다.' 줄리엣은 여자들의 대화를 들으며 혼자 생각했다.

"머리가 모자 속에 안 들어가요."

"수영복이 내 몸을 거부하는데."

"불평 좀 그만해!"

"하하! 난 다 됐다."

시몬은 다른 사람들보다 먼저 준비가 끝났다. 주위를 둘러보며 여자들을 기다렸다. 물 온도는 섭씨 26도. 안전 요원 옆에 있는 칠판에 그렇게 적혀 있었다. 안전 요원은 철제 의자 위에 앉아 있다. 그는 수영장 여기저기를 살폈다. 가끔은 약간 멍한 눈길로. 오렌지색 반바지 위에 가로질러 놓인 그의 손을 시몬은 바라보았다. 견고하고 안심되는 그의 어깨를 응시했다. 이어서 넓고 반들거리는 이마 위에 눈길을 던졌다. 시몬은 생각했다. 저 앞에 있는 사다리를 잡을 때쯤 되면 그가 나에게 미소를 보내줄까? 샤워실로 들어가기 위해 푸른 타일 위를 조심스럽게 걸어가면 그의 시선이 따라와 줄까? 탈의실 문을 열고 들어가려 할 때 내 등에 대고 그가 말을 걸까?

다른 사람들이 그녀에게 합류했다. 원피스 수영복을 입은 로잘리, 큰 수건으로 몸을 감싼 주세피나, 손에 휴대폰을 들고 비키니를 입은 줄리엣.

"우릴 봐. 한 사람은 연하고 포동포동하고, 한 사람은 추워서 위축되어 있고. 또 한 사람은 수영 선수 같고, 또 한 사람은 늙었고." 시몬이 말했다.

"카를라가 없는 게 유감이네."

"기다려봐요! 사진 한 장 찍게요." 줄리엣이 휴대폰을 들어올렸다.

"잡지 표지로 쓰게?" 시몬은 갑자기 웃음을 터뜨리며 말했다.

"여왕을 위해서예요. 보면 좋아할 거예요."

"5층에 자주 올라가?" 주세피나가 물었다.

수영장 물속은 교습으로 파도가 넘실댔다. 물의 힘과 한 움큼의 사랑에 저항하며 싸우는 중인 열다섯의 용기 있는 여자들.

'이 웃기는 운동을 왜 하는 걸까? 누구 마음에 들려고? 필요하니까? 어쩔 수 없이?'

"등록할까요?" 줄리엣이 여자들을 향해 물었다.

"오늘은 말고." 주세피나가 거칠게 대답했다.

줄리엣은 탈의실 문들을 쳐다봤다. 탈의장은 전체 3층이다. 각 층에 50개씩 있다. 문이 열릴 때마다 꼭 미팅 사이트의 프로필을 클릭하는 기분이다.

'그런데 어떤 사람이 이미 수영 모자를 쓰고, 플라스틱 안경을 쓰고 코마개를 했으면 뜻밖의 난관에 봉착하는 거지.'

한 검은 공주님이 나타났다. 톡 솟아오른 엉덩이와 매끈한 피부와 길고 긴 다리로 수영장 통로를 활보했다. 그게 줄리엣에게 무슨 효과를 줄지, 그 통통함에 어떤 대비 효과를 줄지 자기는 알 바 아니라는 듯이.

'이건 옳지 않아! 유전자가 이렇게 다르다니!'

삼색기 수영복을 입고 노란 어깨 튜브를 찬 소년 하나가 로잘리와 부딪혔다. 물에 빠진 사람처럼 엉엉 울고 있었다. 안전 요원은 다른 곳에 가 있어서 아이를 보지 못했다. 로잘리는 그 애 눈높이에 맞춰 다 젖은 타일 바닥 위에 무릎을 꿇고 물었다.

"이름이 뭐야?"

"트리……스탕."

"엄마가 어떻게 생겼니, 트리스탕?"

"이뻐요……."

"그래? 엄마 곧 돌아올 거야. 잠시 화장실 갔을 거야. 널 찍으려고 카메라를 가지러 갔어. 네가 어떻게 웃는지 아줌마에게 보여줄래?"

트리스탕은 웃는다며 얼굴을 왕창 찡그렸다.

엄마 같은 사람이 도착했다. 몹시 붉게 달아오른 얼굴로 달려와서 아들을 껴안았다. 어설프게 고맙다는 말을 하고는 웃으며 물속으로 뛰어들었다.

어린 트리스탕은 로잘리를 벌써 잊었다. 그녀는 혼자 남았다. 꿈속에서나 보는 자기 아이들을 떠올린다. 플로르, 뱅자맹, 그리고 아리엘. 세상에 나온 적 없는 아이들.

"수영, 수영해야지. 그래 난 수영할 거야. 수영장에서 당연한 건가?"

로잘리가 최고로 좋아하는 순간은 물속에 머리를 처음 들이밀 때다. 고래가 된 기분이다. 다 씻기는 기분이다. 수영을 할 때는 생각이 멈췄다. 몸이 이완되었다. 기분이 좋다.

깨끗해지고, 다 비워지고, 다 조탁된 느낌이 든다. 하루 혹은 밤과 대면할 준비가 됐다. 모든 긴장이 사라졌다.

"저도 같이 가요." 줄리엣이 로잘리의 뒤를 따랐다.

줄리엣은 7번이라고 적힌 탈의실 앞에서 머뭇거리는 키 작은 할머니를 보았다. 가늘고 마른 몸 위로 수영복이 남아돌았다. 수영복 안에서 몸이 졸아든 건가? 그녀의 몸은 구겨져 있고, 팔은 시들어 있다. 쪽을 진 하얀 머리, 손에 수영 모자를 들고 조심조심 걷는다.

'미래의 내 모습일 수도 있지.'

최근, 줄리엣은 모든 것이 이전보다 더 빨리 지나가는 기분이다. 특히 시간이. 줄리엣은 행여나 할머니가 미끄러질까봐 계속 주시했다. 그 할머니에게 당신은 아름다운 인생을 사셨냐고 물어보고 싶었다. 위대한 사랑을 했는지 물어보고 싶었다. 그러다 그녀 쪽을 향해 걸어오는 키 큰 남자에게 시선을 빼앗겼다.

'저 남자 좀 괜찮은데? 그가 눈을 들까? 아냐. 집중하는 척하는데? 진짜 수영하러 온 건가? 에이, 사실 너도 수영장 왕복하는 데는 관심 없잖아. 오리발 달고 힘들게 수영하면 뭐해.'

시몬은 시계를 봤다. 쉬지 않고 20분간 수영하기로 결심했다. 자기 리듬으로는 그게 300미터쯤 될 거 같다. 판에 달라붙어 다리를 마구 구르면서 시작해봤다. 다리가 1톤은 되는 기분이 들었다. 오리발을 껴야 하나. 다들 그녀를 추월했다. 한 엄마와 삼색기 수영복을 입은 아이가 물속으로 뛰어들면서 물방울을 튀겼다. 시몬은 판을 물 밖으로 넘겼다. 부드럽게 배영을 시작했다. 이건 그녀의 특기다. 장기간 해왔다! 누구랑 부딪히지 않기를 바라며 앞으로 천천히 나아갔다. 텔레비전에 나오는 수영 선수들처럼 우아하진 않아도 벽 앞에서 반회전하며 도는 순간은 짜릿하다. 이따금 시계에 눈길을 던졌다. 바늘이 너무 느리게 움직이는 것 같다. 숨을 헐떡이며 자기 계획을 완료했다. 20분이라는 시간이 이렇게 길게 느껴진 적이 없었다. 안전 요원에게 어떤 무언의 메시지를 보내보려고 하는데, 그는 완전히 무심하다. 오늘은 아닌가 보다. 다음 목요일에 다시 올 것이다. 마트에서 훨씬 파이고 훨씬 화려한 수영복을 봤는데, 혹시 알아? 그게 저 남자 마음에 들지?

수영장 가장자리에 앉아 있던 주세피나는 수면에서 나타났다 사라졌다 하는 손들과 팔들을 봤다. 활처럼 흰 작은 다리와 몸에 딱 맞는 삼각 수영복 위로 브이넥 티셔츠를 입은 거무스름한 남자가 그녀 옆에 앉았다.

"수영 안 해요? 친구들은 벌써 물속에 다 들어갔던데요. 여기 도착할 때 봤어요."

그는 전 남편 루이지를 닮았다. 그가 자기한테 뭘 원하는지 궁금해졌다.

"추워서요."

"방금 커피 마시지 않았어요?"

"*라스키아 미 인 파체*. 날 그냥 내버려둬요."

"아, 그래요? 아쉽군요. 예쁘신데. 날 봐요. 당신을 위해 공중제비도 뜰 수 있는데."

줄리엣은 아까 본 할머니를 생각하며 수영을 했다. 무엇을 하든 나중엔 그게 다 추억에 불과할 것이라는 것을 알면서도, 지금 단단한 피부를 갖기 위해 수영을 했다. 점점 그 할머니를 잊었다. 남자도, 그녀의 몸도. 그저 물의 즐거움과 유동성에 몸을 맡겼다. 가볍다고 느꼈다. 이런 기분은 자주 오지 않을 것이다.

한 사람씩 다들 주세피나한테 다가왔다.

"한 시간이나 기다렸네."

"멋진 사람이랑 같이 계시던데요?"

"수컷들이 느슨해지면 암탉들은 들여보내야지."

시몬이 해설했다. "빨간 팬티 수탉."

"나 추워." 주세피나가 말했다.

"그래? 네 수영복은 젖지도 않았잖아. 물에 한 번 들어가지도 않고."

"사우나 갈까? 저쪽에 있더라."

"좋은 생각! 피부에 좋겠네."

"주세피나는 정말 피부가 부드러워." 로잘리가 말했다.

'아무도 애무하지 않는데 피부가 부드러우면 뭐하겠어?'

그들은 두꺼운 수증기 속으로 들어가 뜨거운 흙벽 아래 붙어 있는 긴 의자를 더듬거리며 찾았다.

"숨 차, 산에 올라온 거 같아."

"스키 타는 사람은 없네."

"어휴, 인간들……."

그들은 웃었다.

줄리엣은 처음 그 집에 도착했던 날을 떠올렸다.

"제가 처음 왔던 날 기억나세요? 꼭 여기 같았어요. 아무것도 안 보여서 더듬거렸잖아요."

"잊을 리가 있나. '고양이라, 네가 아무리 귀여워도 절대 남자를 대신할 순 없지.' 이게 네가 처음 했던 말이야."

"지금도 그렇게 생각해요."

수증기 안개는 그대로 있다, 조용히.

"그런데 다들 정말 포기한 거예요?" 줄리엣이 물었다.

안개가 두터워졌다. 그녀는 고집스럽게 또 물었다.

"평생? 아니면 갱신 가능한 거예요?"

처음 답한 건 시몬이다. "절대라는 말은 절대 할 수 없어."

주세피나가 외쳤다. "이 주제 싫어! 그만들 해."

"사랑을 말하는 거, 다들 포기한 거예요?" 줄리엣은 끈질기게 물었다.

"사랑은 단 한 번 오는 거지." 로잘리가 한숨지었다.

"그럼 욕망은? 그건 어떻게 하죠? 사라지나요?"

"자물쇠를 단 거야, 우리 내면에!"

줄리엣이 웃었다.

"다들 조심해. 그건 잠이 들었다가도 갑자기 깨어난다고. 휴화산처럼."

"난 내 인생을 장-피에르와 마치고 싶지는 않아." 시몬이 중얼거렸다.

"아, 욕망, 그거 좋은 주제지."

그녀들은 입을 다물었다. 깜짝 놀라서. 둔하고 진중한 목소리가 사우나 속에 울렸다.

'여긴 여성 전용인 줄 알았는데.'

"욕망, 그건 에트나, 베수비오, 스트롬볼리!" 목소리가 이어졌다.

"우리밖에 없는 줄 알았는데." 로잘리가 속삭였다.

"다들 남자를 포기한 건가?"

아무도 대답하지 않았다.

"나는 여자들을 항상 우러러봤지. 여자들은 더 용기 있고, 더 진실해. 나는 여자 없이는 미쳐버릴 거야. 여자 없는 인생, 그건 인생이 아니야. 난 내 여자를 사랑해."

'여자 사우나 안에서 나는 내 여자를 사랑해, 라고 말하는 이 미확인 생물체는 뭐지?'

"여자, 그건 화산이야! 경이롭지."

억눌렸던 웃음들이 안개 속으로 퍼져나갔다.

"대단하네, 그날그날 참는 욕망들이."

그들은 더는 웃지 않았다. 서로 다가섰다. 어깨와 어깨를 기대고, 얼굴을 그 목소리 쪽으로 기웃거리면서.

"성실함과 진지함. 그걸 난 믿어. 나는 내 인생을 내가 선택한 여자 옆에서, 나에게 예! 하고 말해준 여자 옆에서 마무리하는 게 멋진 거라고 생각해."

사우나 안은 침묵이다.

그들은 안개를 정밀하게 탐사했다. 실루엣을 알아보려고 노력했다. 열렸다가 닫히는 문소리를 들었다. 줄리엣이 일어났다. 출구를 찾기 위해 더듬거린다. 문을 밀었다. 오른쪽을 보고, 왼쪽을 봤다. 낮은 목소리는 사라졌다.

찰칵, 찰칵, 찰칵, 찰칵. 안전 요원이 네 개의 탈의실 문을 열어주었다. 줄리엣은 거울에 비친 자기 모습을 똑바로 쳐다봤다. 창백하다. 눈은 붉고. 납작하게 눌어붙은 젖은 머리. 눈 아래 난 안경 자국.

'하, 사람들이 수영하고 싶어 하는 이유를 알겠네.'

20

  늘 그렇지만, 대화가 훨씬 은밀해지는 것은 붉은색 비로드 소파에 함께 앉아 있을 때다. 쇼콜라 쇼와 마들렌이 황홀한 찻잔과 섬세한 도자기 접시에 나오고, 침묵 속에서 그것을 음미했다. 이어 여왕은 그날의 논쟁을 시작했다.

  "줄리엣, 넌 밤의 화폭 위에서 아직도 산책하니?"

  '내가 예, 라고 하면 그건 중형? 사형?'

  "예."

  "그리고 그들은 너를 차지하려고 서로 결투하고?"

  '마우스와 키보드로 하는 결투 말인가요.'

  "위험할 건 없어요. 그런데 사실 전 그런 데 그다지 재능이 없어요."

  "컴퓨터와 알 파치노의 차이를 알지? 알 파치노, 그건 살과 털이 있는 동물이야!" 누군가 끼어들었다.

'하지만 그곳에도 희귀종이 있죠. 진짜 동물원처럼!'

"저도 알 파치노 좋아해요."

"〈여인의 향기〉에서 탱고 장면을 생각해봐. 낯모르는 여자와 춤을 추잖아. 좋은 향기 때문에." 여왕이 흥분하여 말했다. 일어나서는 마룻바닥 위에서 우아하게 미끄러졌다. 손 하나는 엉덩이에 놓고, 팔은 수평으로 뻗고, 팔 안에 보이지 않는 파트너를 안아 데리고 이끌며.

순간 멈췄다. 고통스러운지 얼굴을 찡그렸다. 어깨를 문지르고, 다시 앉았다. 줄리엣은 아무렇지 않은 척했다.

"아직 포기하지 않았구나." 여왕은 말을 이었다.

줄리엣은 여왕의 눈을 응시했다.

"만약 포기한다면, 저는 무너질 거예요."

"무너져?"

"네, 그건 내 중력의 축이니까요."

"걷고 춤추고 무너지고 늙고. 삶, 그것은 불균형의 연속……."

"가끔 혼자 서 있는 법도 배워야 하죠. 하지만 그건 너무 어려워요. 춤 없이 어떻게 살죠? 남자 없이?"

"그건 다른 인생이야. 매미 울음소리 듣기. 열정적으로 대나무를 사랑하기. 사람들이 보지 못하는 것들이 나타나지. 아주 작은 쾌락들이 자라나."

"전 누군가가 나를 만나러 와주면 좋겠어요."

"남자는 시계추가 아니야. 남자, 그건 게임이야. 랑데부, 예측이 안 되는, 미치는 순간."

"당신이 보기엔 내가 종이 관을 쓴 웃긴 왕들 사이를 오가는 것 같겠죠."

"날 따라와."

줄리엣은 여왕의 옷방에 따라 들어갔다. 투명한 문이 달린 가구들이 죽 늘어져 있었다. 수십 개 옷들이 색상별로 정렬해 있다. 하얀 색, 베이지 색, 아주 연한 회색, 눈부신 보라빛에서 진한 자주색까지. 밑창이 아주 얇고 발목이 드러나는 에스카르팽, 발레 슈즈, 발목을 덮는 보티용. 줄리엣은 자기 방 한가운데 뒤죽박죽 있는 여러 켤레의 신발들이 생각났다. 옷방 벽에는 두 개의 발레용 스커트가 걸려 있었다. 하나는 에메랄드 빛 새 깃털로 뒤덮인 코르사주, 또 하나는 석류석 같은 비로드.

'여긴 여왕의 박물관이구나!'

"여기 앉아." 여왕이 모피 쿠션 의자를 가리켰다.

"다음 약속 땐 뭘 입을 거지? 새로운 건 안 돼! 네가 이미 좋은 시간을 보냈던 것들, 그 증거가 나온 것들이어야 해."

'내 오래된 조깅화? 엄청 편하지. 안 그래도 짧은 다리가 더 짧아 보

이게 만들어서 그렇지.'

"알겠지만, 춤의 세계는 미신들로 가득 차 있어. 한 발레리나가 나에게 이런 말을 했어. '만일 당신이 옷을 뒤집어 입었다면 그냥 그대로 두세요. 바꿔 입다가 사고를 당할 수도 있어요.' 어느 날 난 발레복을 거꾸로 입고 호두까기 인형을 추었지."

'그럼 바지는? 바지를 거꾸로 입었으면 뒤집어 입어야 해, 그냥 있어야 해?'

여왕이 계속해서 말했다.

"만일 네가 뭘 잊었다 해도, 뒤돌아가지 마. 널 따르는 천사가 있어. 네가 집으로 돌아가면 널 떠나버릴 거야."

'랑데부에 나를 따라오는 천사, 이런 개념 너무 좋다.'

"유혹은 움직임을 통해 일어나지. 너의 포동포동한 몸매를 감추지 마. 우아하게 그것을 드러내. 난 너무 늦었어. 백조는 날아가버렸어."

"하지만……."

"널 닮은 것들을 입어. 선명한 색상, 유쾌함."

여왕은 그녀에게 현기증 날 만큼 목이 파인 부드러운 오렌지색의 실크 블라우스를 내밀었다.

줄리엣은 거울을 찾았다.

여왕의 표정이 바뀌었다.

"찾지 마, 거울 없어. 나중에 입어봐."

어느 날 저녁, 여왕은 분노에 휩싸여 집 안의 모든 거울을 부수었다. 가장 큰 것에서부터 가장 작은 것까지. 거울 속에 한 일그러진 노파가 나타났던 것이다.

'최강 유혹녀의 조언인가? 아무리 그래도 오렌지색 실크 블라우스 하나로 될까?'

"너의 가장 아름다운 액세서리는 바로 눈빛이야. 네 눈빛을 그들 눈 속에 집어넣어." 여왕의 강렬한 시선이 줄리엣을 향했다.

'레디, 액션!'

"말하지 마. 그가 질문하길 기다려. 대답하기 전에, 기다려."

그녀는 멈췄다.

"그리고 더 기다려. 그러다 아무 상관없는 어떤 것으로 그를 놀라게 해. 남자들은 자기들이 계획하지 않은 곳으로 끌려가야 해. 잡힐 듯 잡히지 않는 잠자리처럼. 잡았다고 생각하는 순간, 이미 넌 다른 데 가 있는 거지."

'난 정말 잠자리 같아. 난 그런 느낌이 있어.'

"조심해! 그건 한 끼 저녁이야. 인생을 위한 포토프가 아니라."

'건물 꼭대기 층에 갇혀서 거울도 없이 인생을 끝내야 한다면, 더 많이, 더 곰곰이 생각해봐야겠는데.'

여왕은 줄리엣에게 다가와 정면에서 멈췄다.

"순간을 이용해. 그리고 전리품을 가지고 떠나."

'막스가 이걸 봐야 하는데. 파리로 변해서라도 들어오면 안 되나. 아, 아냐. 파리는 아니야. 여왕이 잡아서 창문으로 던져버릴 거야.'

"전리품? 어떤 전리품이요?"

"감각. 불이 붙은 남자들의 눈, 전기 같은 따닥따닥 소리. 화재."

'스파크!'

"잊지 마. 무도회에 데려가는 건 너야."

"난, 남자들이 나를 춤추게 만드는 게 좋아요."

"그건 네가 초보라서 그래."

21

매일 밤 늘 그래왔듯, 줄리엣은 침묵 속에서 깨지 않기 위해 라디오를 켠 채로 잠이 들었다.

"흔적, 흔적을 주의하세요. 발걸음의 흔적…… 우리들의 흔적, 여러분은 프랑스 앵테르를 듣고 계십니다. '우리에게 말하듯이'. 자, 이제 시작합니다."

줄리엣은 아늑한 솜털 이불을 부여잡고 아침을 깨우는 라디오를 한탄했다.

"조금만 더……."

솜으로 속을 채운 안개 속에서, 게스트에게 질문하는 파스칼 클라르크의 목소리를 들으며 줄리엣은 웃었다. "말루프 씨,《방향을 잃은 자들》에서 이렇게 쓰셨습니다. '떠나야 하나? 머물러야 하나? 싸워야 하나? 잊어야 하나?' 당신의 정체성을 길들이는 데 성공했나요? 당신이 명명한 대로 표범처럼?"

줄리엣도 생각했다. 자신은 어디서 왔는지, 흔적을 찾았다. 그녀 옆에 펼쳐놓은 책이 보였다. 《한심한 사람들을 위한 유다이즘》. 이건가? 아니다, 다시 시선을 돌렸다. 이어지는 어젯밤의 흔적들. 침대 발치에 그대로 있는 노트북, 영화 잡지, 페드로 알모도바르의 전기, 보리스 비앙의 소설 《세월의 거품》, 텅 빈 초콜릿 상자, 그리고 벼룩시장에서 산 A-Z 정리함.

"오늘은 화창할 거예요. 스튜디오 창문은 이미 활짝 열려 있어요."

'오늘, 오늘이 아마 내 인생에서 독신자로 보낼 마지막 날일지 몰라. 나는 그에게 무슨 이야기를 할까? 내 가족에 대해서는 묻지 말라고? 왜 나는 서른하나가 되도록 혼자인지?'

줄리엣은 《신데렐라》를 본 이후, 늘 더 예쁜 다른 곳을 찾아다녔다. 부모 없는 아이. 언젠가는 동화 속에 나오는 주인공처럼 사랑받을 것이라는 확신. 그리고 영화처럼 왕자님이 나타나 사랑을 이루게 될 것이라는 믿음. 그러나 그녀는 아직도 매력적인 왕자님을 찾지 못했다. 왕자가 있기나 한 건지……. 세 살 때 줄리엣은 산타클로스의 진실을 알았다. 12월의 어느 날 아빠가 이렇게 말했다. "난 내 딸이 미신 같은 건 믿지 않았으면 해." 이튿날 학교에 가서 그녀는 그것을 모든 아이들에게 말해주었다. 옆에 있던 한 작은 소년이 울기 시작했다. 그러자 또 다른 애가 으르렁댔다. "난 선물 받을 거야!" 선생님은 화를 내셨다. 줄리엣은 벌을 받았다.

줄리엣은 천천히, 시간을 들여서, 신비스럽게 잠에서 깨는 것을 좋아했다. 그녀는 이불의 온기를 포기하고 바닥에 흩어 널브러져 있는 자신의 생의 조각들 사이를 건너갔다. 벽난로 위에 붙어 있는 커다란 바로크 거울 속의 자신을 바라보았다. 길들여지지 않은 적갈색 머리, 그리고 풍만하고도 관대한 몸매의 한 여자가 거기 있다.

'그 사람 마음에 들까?'

휴대폰에서 메시지를 찾았다. '당신을 만나기 20시간 전입니다. 제 숨을 꼭 참고 있습니다. 주주'

"날 감동시킬 수 있겠어, 주주?"

그녀는 휴대폰을 보고 약간 인상을 쓰며 속삭였다.

"그럼, 이제 준비해볼까? 손에 손을 잡게 될 우리의 약속 장소로 떠나볼까?"

그녀는 주주에게 거대한 희망을 품었다. 마치 그가 지구에 남은 유일한 남자인 듯. 자신의 결핍을 겨우 1밀리미터나 채울까 말까한 잠정적 남자는 이제 원하지 않는다. 거인 같은 꿈, 소인 같은 현실을 원하지 않는다. 교차하는 위급 상황을 원하지 않는다. 경직된 성기, 흐리멍덩한 약속, 이튿날 없는 밤들. 그녀는 더는 교차로가 되고 싶지 않다. 미친 경주를 그만하고 싶다. 여행 가방을 그만 놓아버리고 싶다. 매일 아침 같은 남자를 되찾고 싶다. 커튼을 열어 아침 햇살을 받아들이며 그녀의 남편에게 말을 걸고, 저녁 때 집에 들어가면 그에게 그날 하루는 어땠는지 묻고, 그리고 같은 질문을 받고 싶다. 불완전한 남자, 부드러운 말투, 다정한 몸짓. 그 다음은? 모른다. 허심탄회한 이야기? 서약? 교향곡 같은 가슴 쿵쾅거리는 사랑? 그녀는 영화의 처음을 보고 싶다. 알록달록한 사랑 이야기들. 영화가 끝나고 엔딩 크레디트 올라가는 거 말고.

'충분히 숙고한, 아주 뜨거운 샤워가 필요해.'

마룻바닥 위에 떨어진 작은 물방울 길을 내버려 둔 채 줄리엣은 의자 위에 있는 수건을 잡기 위해 아파트 거실을 가로질렀다. 눈을 감고 천천히, 오랫동안 몸을 말렸다. 깨끗하고 부드러운 속옷을 입으면 항상 기분이 좋아졌다.

그녀는 여왕의 조언을 환기했다. "새로운 건 안 돼."

'진짜 조깅화를 신어야 하나? 하지만 그걸 신으면 키가 너무 작아 보일 거야.'

그녀는 가장 좋아하는 속옷을 입고, 낡은 청바지를 입고 행운이 깃들기를 희망하며 여왕이 하사한 실크 블라우스를 걸쳤다. 머리는 뒤로 묶어 올렸다.

'어쨌든, 3분 후면, 나는 아무것도 제어할 수 없게 될 거야.'

"그룹 뮤즈가 부릅니다. '필링 굿'. 여러분도 그러시길 희망합니다. 더군다나 오늘은 금요일이니까요." 파스칼 클라르크가 활기차게 콧노래를 흥얼거렸다.

줄리엣은 슬며시 미소를 지었다. 이 노래는 좋은 신호다. 다 잘될 것이다.

줄리엣은 큰 가방을 잡았다. 그리고 거기에 온갖 것들을 아무렇게나 집어넣었다. 붉은 튜브 립글로스, 향수는 병째 하나, 노트 하나, 볼펜 세 개, 휴대폰, 판 초콜릿. 그녀는 마룻바닥에서 전투 중인 십여 켤레의 신발들을 바라보았다. 그리고 베이지색과 검은색 중에서 망설인다. 그러다 전혀 다른 것을 선택했다. 말도 안 되게 높은 굽의 붉은 샌들. 막스의 표현대로라면 '여성스러우면서도 대단히 불편한 샌들'을.

벽난로 위에서 전날 도착한 라자스탄의 눈 덮인 산 사진엽서를 집어 들었다.

우리가 여행을 하는 게 아냐. 여행이 우릴 잡았다가 풀어놨다가 하는 거지. 가네쉬, 시바, 다른 모든 신들이 나와 동행하고 있어. 이곳 사람들은 여신들을 추앙하기 위해 재스민 꽃을 따서 화환을 만들어. 나는 내가 사랑하는 사람들을 생각하며 감사의 꽃타래를 만들고 있어.

야니케 샨도샨 하노: 나는 행복해!

걱정 마, 나의 줄리엣. 난 종교에 빠진 게 아냐, 신비교에 빠진 게 아

냐. 세 달 안에 돌아갈게. 잘 있어.

_카를라

줄리엣은 가방에 카를라의 엽서를 넣었다. 그리고 카디건을 들었다.

나오면서 메주자를 살짝 만졌다. 그건 그녀가 도착한 날 현관 문 옆에

붙여 놓은 것이다, 유대인 가족의 풍습에 따라. 세 계단을 내려왔다. 그

러다 다시 2층으로 올라갔다. 가방에 분홍색 플립플랍을 던져 넣었다.

문을 탁 닫고 계단을 뛰어내려왔다. 안뜰을 지나 밖으로 나왔다. 철문

닫는 것을 잊었다. 다시 돌아갔다. 다시 나오며 건물에 눈길을 던졌다.

'안녕, 언니들, 난 포기하고 싶지 않아.'

22

시몬은 오늘 해야 할 일이 두 가지 있다. 여왕의 큰 식탁보를 빠는 것, 그리고 아들과 만나기. 아들이 너무 보고 싶었다. 며칠 전부터 그 생각을 했다. 사실은 오늘 아침 세 번이나 디에고가 일하는 세탁소의 유리창 앞을 지나쳤다. 좀 한가하고 조용한 시간이 되기를 기다리면서.

디에고 앞에는 커다란 속옷 더미가 쌓여 있었다. 그는 그녀가 들어오는 것을 보았다. 뭔가 의연한 표정, 좀 뻣뻣한 발걸음. 왜 왔을까? 무슨 일일까? 아들은 엄마의 방문 동기가 궁금하다.

"안녕, 아들."

"안녕, 엄마."

그녀는 보통 아들을 '피우피우'라고 불렀다. 그러나 진지한 이야기를 할 때는 항상 '내 아들'이었다.

"아들, 나 슬퍼."

"엄마, 나 지금 일하는 중이에요. 알잖아."

"걱정 마. 기다릴게."

시몬은 고전적인 엄마가 아니다. 디에고 말로는 '경계인' 엄마다. 순응하지 않는, 독립된 엄마. 하지만 시몬이 그의 성질을 돋우면, 그는 그녀를 상처주고 싶어졌다. '엄마는 내가 그렇게 살길 바라는 거야?'

그는 그녀에게 여기저기로 끌려 다녔다. 그들은 수많은 이사, 새 집 페인트 칠, 온갖 직업 전전, 팽팽한 신경전, 책에 대한 열정, 하시시 등을 공유했다.

시몬은 서로 화난 상태로 오래 있는 것을 못 견뎌했다. 항상 그녀가 물꼬를 텄다. 아들은 걸핏하면 화를 냈고 엄마보다 훨씬 고집이 셌다. 아르헨티나 기질이 있었다. 어렸을 때 잠깐 산 게 다인데도.

시몬은 플라스틱 의자에 자리 잡았다. 그리고 일하는 아들을 바라보았다. 아들의 몸짓은 정확하고 섬세했다. 그가 7번 기계를 비울 때, 플라스틱 바구니 쪽으로 그의 몸이 기울어졌다. 그녀는 이때다 싶어 말을 걸었다.

"넌 늘 내가 좋니?"

"응."

"순간은 아니고."

"절대 순간은 아니죠."

그녀는 기계를 비우는 아들을 돕고 싶었지만, 묻지 못했다. 그냥 기다리고, 쳐다보기만 했다.

그녀는 자기가 이렇게 기품 있는 아들을 낳았다는 사실에 의아했다. 그녀는 너무나 평범한데. 예순에 가까워지면서 삶을 사는 게 더욱 버거워졌다.

아무도 그들을 어머니와 아들로 보지 않는다. 시몬은 짧은 회색 머리에 화장도 안 하고, 남자 바지를 입는다. 대충 다린 블라우스에, 끈 운동화를 신고 있지만 그렇다고 젊어 보이지는 않는다. 디에고는 엉덩이 위쪽이 좀 보이게 청바지를 입고 팔꿈치 쪽이 찢어진 하얀 긴 티셔츠를 입고 있었다. 그는 리바이스 청바지 광고에 나오는, 주변 사람들의 입을 떡 벌리게 만들며 세탁소 한가운데서 옷을 벗는 섹시한 영국 청년을 닮았다. 그의 반짝이는 눈 위에 떨어지는, 한창 격투 중인 것처럼 흩어진 머리카락들은 너무나 자연스럽게 아름답다. 그의 아버지를 닮은 젊은 종마.

마침내 아들은 그녀 앞에 있는 의자에 앉았다. 건조기와 광택기 사이에.

"난 여자 친구가 생겨도 엄마 집에 데려갈 수 없죠. 나 로라랑 사귀어요. 이번엔 진지해. 정말로. 그녀는 그걸 이상하게 여길지도 모르지만. 로라는 생각이 깊고, 말도 잘하고, 누구 못지않게 키슈를 잘 만들어요."

로라의 생각이 중요해지겠군, 하고 시몬은 속으로 생각했다. 아들이 한 여자를 그렇게 감탄스러운 눈길로 얘기하는 건 처음이다. 배꼽 피어싱처럼 정말 이상하게 느껴졌다.

"아직도 다들 그렇게 열렬해? 남자들을 무서워하잖아, 아니면 다른 것을. 엄마는 한 사람도 지키질 못했지. 우리 아빠조차."

그는 일어섰다. 광택기에서 천을 꺼내고, 말하면서 계속해서 일을 했다.

시몬은, 내가 이런 식으로 이불 펴는 법을 가르쳐준 적이 있나? 하고 생각했다. 그녀는 아니다.

"내가 어렸을 때, 엄마가 내게 보여준 로맨스 영화가 있어. '이것 봐, 정말 아름답지!' 이렇게 말하면서."

그는 다시 앉았다.

"거기 산 지 얼마나 됐죠?"

"10년."

"남자 금지한 지 10년이라. 아마조네스처럼. 배척자처럼."

정말이다. 시몬은 생각했다. 나는 정말 대단한 아들이 있다. 그런데 그 아들을 집에 들일 수도 없다. 여왕이 좀 심한 거야. 이 아이 정도는 좀 특별히 봐줘야 하는 거 아닌가? 여왕은 모른다. 아이가 없으니까. 내가 이사를 할 수도 있다. 아니, 그래야 한다.

"동네 사람들이 수군대지 않아?" 그가 다시 말을 이었다. "그렇게 계속 살 거예요?"

"디에고, 이런 언쟁 지겹다."

"한 남자의 사랑이 엄마에게 뭔가를 가져다 줬어. 그게 나야. 여기 있는 나라고!"

"내 인생에 정말 대단한 남자들이 있었지. 그 첫 번째는 디에고, 바로 너지. 또 네 할아버지인 페르낭드, 내가 정말 좋아하지. 또……."

디에고가 그녀의 말을 잘랐다. "그런데 왜 포기했어요?"

"난 남자를 포기하지 않았어. 그들이랑 싸우는 걸 포기한 거지."

세탁소에 손님이 둘 들어왔다.

"각자 자기 방식이 있는 거야. 하물며 소들도 자기 집에서 잘 살아." 시몬은 계속했다.

"그 집구석에 갇혀서? 카사 뭐냐 그……."

"카사 셀레스티나?"

"엄마는 미친 여왕의 인질로 잡혀 있는 거야."

"우린 자유로워. 자기 의지대로 거기 세 들어 살고 있는 거야. 그건 어마어마한 벽이 둘러진 감옥도 아니고 그냥 작은 집이야. 다섯 여자가 사는. ……그중 하나는 전혀 포기하지 않았지. 그래도 궤도를 벗어난 미약한 소수야. 절대 전염병이 퍼질 일은 없어."

세탁소의 손님들은 모두 의자에 눌러 앉았다.

"수컷 없는 벌통. 나라면 거기에 살충제 한번 쫙 뿌려줄 텐데."

"부부가 유일한 모델은 아니야. 행복해질 수 있는 여러 방법이 있어."

손님들은 섬세한 기계 안에서 빙빙 도는 그들의 속옷에 시선을 고정시키고, 귀는 시몬을 향해 쫑긋하고 있었다.

"내가 남자를 거부한 여자들이 사는 집의 역사를 이야기해줄까?"

"그건, 불가능해. 1초도 믿을 수 없어."

두 여자 손님이 동의했다. 그들 팬티와 브래지어에 눈을 묶어두면서.

오늘 디에고와 시몬 사이에 부드러움은 없다. 다 큰 아들이 엄마를 안고 "당신, 오늘 좀 안아볼까?" 하고 말하면 기쁨으로 얼굴이 붉어지기까지 했던 예기치 않은 행복도 오늘은 없다.

"아름답고 위대한 사랑을 하길 바란다, 아들아. 로라가 정말 네 맘에 들면, 너무 오래 망설이지 마. 아니, 아니, 하는 사람들은 절대 결혼 못해."

"엄마는 명언으론 늘 챔피언이지. 근데 결혼은 한 번도 못했잖아."

"아무도 나한테 프로포즈를 하지 않아서야."

"부족한 건 남자들이 아냐. 이제 나 일해야 돼. 침대 시트가 열두 쌍이나 남아 있고, 옆집 레스토랑 냅킨 125개 펴야 해."

시몬은 고개를 끄덕이고는 세탁소를 나왔다. 길을 따라 몇 미터 걸었다. 펴서 갖다 줄 냅킨이 125개나 있다는 레스토랑에 아들을 데려가서로 얼굴을 마주하고 피자 한 판과 치즈 네 개를 먹고 싶다. 속옷 산더미 없이, 그 집 없이, 둘이서만. 시몬은 다시 발길을 돌려 세탁소 문을 밀었다.

"오늘 저녁 같이 먹을래?"

23

그는 그녀가 진짜 올까 생각하며 걸었다. 그는 통과의례가 두렵다. 여자가 바라는 게 그가 리드하는 것이라면, 그가 남자 역할을 해야만 한다면, 수탉 역할을 해야만 한다면, 그녀를 고무시킬 강력한 기호들을 내뿜어야 할 텐데. 그녀에게 무슨 말부터 해야 할까? 목소리가 예뻤으면 좋겠다. 지난 번 여자는 개구리 목소리 같았다. 좀 더 부드러워 보이는 스웨터를 입었어야 했나? 하지만 너무 신경 쓰고 싶지 않았다. 출근할 때 입는 이 양복을 입고 있을 때가 차라리 더 편하다. 사실 집에 다시 들를 시간도 없었고. 그녀를 오래 기다리게 하고 싶지 않았으니까. 그런데 그녀가 늦는다. 오지 않을지도 모른다. 5분만 더 기다려 보기로 했다. 그때 멀리서 다람쥐 머리 같은 게 보이고, 귀에 걸린 이어폰과 아주 높은 굽의 빨간색 샌들이 보였다.

줄리엣은 두 정거장 앞에서 내렸다. 플레이 리스트에서 '쿨'이라는 카테고리의 노래를 들으며 걷기 위해. 그래야 좀 마음이 진정될 테니까. 하지만 전혀 소용없음. 식은 땀, 차가운 땀. 약속한 레스토랑 앞에서 한 남자가 시계를 보고 있었다. 연회색 무연탄 같은 양복에 하얀 와이셔츠, 윤이 반짝반짝 나는 웨스턴 구두.

'그가 분명해. 그래, 저런 신발을 수집하고 있다고 했지. 사진이랑 안 닮았네. 훨씬 크다. 아주 꼿꼿하고, 신뢰가 가는 인상이군. 아마 그의 직업 때문일지도. 내가 지금 뭘 하고 있는 거지? 돌아갈까? 가지 말까?'

줄리엣은 호주머니 안에 든 초콜릿 브라우니를 꽉 쥐었다. 그리고 돌아설 준비를 했다.

"혹시 얼음 공주님 아니신가요?"

그의 질문이 더 빨랐다. 줄리엣은 얼굴이 붉어지는 것을 느꼈다.

"아니요, 아니. 아, 예, 그러니까 제가 줄리엣이에요."

'캐스팅은 통과해서 배역을 받았지만, 아직 대사가 준비되지 않았죠.'

"그러면 얼음 공주는 다른 사람인가요?"

"그 아이디 좀 별로죠. 그거 만든 사람은 제 친구 막스예요."

'내가 왜 막스 얘길 하지?'

"당신 말이 맞아요. 전 로베르입니다."

'주주라는 아이디를 봤을 때, 난 당신은 두뇌가 없는 사람일 거라고 생각했는데.'

"오는 길은 쉽게 찾았나요?"

"노선을 잘못 봐서. 좀 헤맸어요."

'이런 순 거짓말쟁이.'

"그래도 왔네요."

"막스가 꼭 가보라고 그랬죠."

'헉, 또 막스 이야기를. 내가 왜 이러지?'

"막스, 감사!" 로베르가 계속했다. "그렇게 자꾸 말씀하시니까 누군 지 궁금한데요? 그리고 그 귀여운 스타일 뒤에 무엇이 숨어 있는지 말이에요. '한 발씩 다가가면서 발견되고, 한 터치씩 모여서 그림이 완성 되고, 사진도 서서히 드러나는 법이죠.' 그래도 그 글을 막스가 쓴 건 아니죠?"

"막스는 저랑 가장 친한 친구예요."

로베르는 구겨진 담뱃갑에서 담배 한 개비를 꺼냈다. 그리고 그녀에 게 하나를 내밀었다. 줄리엣은 담배를 안 피운 지 여러 달 되었다. 그녀 는 첫 모금을 빨아들였다. 기침이 났다.

그들은 말없이 인도에 서 있었다. 어색한 침묵이 흘렀다. 그들 주변 으로 삶은 계속되고 있었다. 사람들이 지나갔다. 그들을 추월했다.

'어디엔가 이 사람들을 기다리는 누군가가 있겠지. 그들은 분명 서 로 할 말이 있을 거야.'

줄리엣은 주주, 아니 로베르를 관찰했다.

'나한테 와인 한잔 사고 싶은 거 아냐? 지금 망설이고 있는 거 잘 알아. 컴퓨터 모니터 뒤에서는 열정적으로 파파르델레 파스타에 대해 말했잖아.'

로베르는 턱과 뺨을 문질렀다. 그는 마치 벗고 있는 것 같은, 아무것도 갖추고 있지 않은 무방비 상태 같은 느낌이 들었다.

그녀는 그를 계속해서 관찰했다. 그를 보면 볼수록 말끔한 안경과 야무지게 바싹 자른 수염, 확신에 찬 다부진 모습이 더 잘 보였다.

'그런데 3일 동안 달고 다녔다던 까치 수염은 다 어디 갔지? 사진에선 그렇게 매력이 넘치더니.'

로베르가 꿈꾸던 여자는 부드러운 사람이다. 자기 손을 살포시 잡는. 자신감 넘치는 여자는 좀 무섭다. 그런 모습은 자신의 어머니를 떠올리게 했다. 전압이 높고, 극도로 흥분을 잘해 늘 불편했던 디바. 생생한 오렌지 색깔의 블라우스를 입고, 바람에 날리는 갈기 머리를 한 이 영화 편집자는 영화 속의 숱한 러브 스토리 장면을 달달 외우고 있을 것이다. 그는 절대로 그녀가 꿈꾸는 영화 같은 장면을 만들어낼 수는 없을 것이다.

줄리엣이 만나고 싶던 사람은, 열정적으로 끓어오르는 남자다. 그녀를 문 아래로 밀며 정열적으로 키스하는 남자. 그런데 이 남자, 100미터 달리기 선수는 아닌 것 같다. 새로움으로 도전하는 시기는 다 지난, 거리를 재고 조정하며 달릴 줄 아는 마라토너 같다. 몸이 기뻐 어쩔 줄 모르는데도, 그 비평적 감각이 몸 속 깊이 심어져 중심을 잡으려 노력하는. 〈프렌즈: 하얀 거짓말〉에 나오는 인문주의자 벌목꾼, 철학하는 굴 양식업자, 문자를 사랑한 포도주업자. 그녀를 승선시키는 사람, 그녀를 웃게 만드는 사람, 그녀를 땅바닥에서 들어 올리는 사람은 어디에? 줄리엣은 한숨을 쉬었다. 로베르, 그는 너무 진지해 보인다. 비처럼 지겨운 타입.

'내 페르몬들이 얌전히 뜨개질을 하고 있군. 그는 나의 페르몬들을 춤추게 하는 스윙이 없어.'

그녀는 막스가 자기 귀에 대고 속삭이는 것을 들었다. '잠깐만 줄리엣, 기다려 봐. 너무 서둘러 결론을 내지 마.'

'막스, 입 다물어!'

계속 막스의 목소리가 들렸다. '널 그냥 내버려 둬. 그가 너에게 연주하는 작은 음악을 들어봐. 조금만 더 들어봐.'

'아마 막스 네가 옳을 거야. 그는 멋진 파란 눈을 가지고 있어. 잘 다려진 셔츠 밖으로 튀어나온 티셔츠도 살짝 보이고. 하지만 난 혼자 저녁 먹으러 갈 거 같아.'

줄리엣이 내린 결론. 막스의 목소리가 터져나온다. '왜?'

'점화 실패.'

지우개로 지우듯 부모에게 지워진 여덟 살짜리 작은 소녀가 다시 불안하고 배고픈 채 홀로 길 위에 서 있다.

'난 몸매가 꽝이야. 옷도 별로야. 이놈의 블라우스. 행운은 무슨! 의심을 했어야 해. 유행에 완전히 뒤처졌는데. 난 다리도 짧고, 날씬하지도 않아. 신비스럽지도 않아. 가는 발목? 내 평생에 한 번이나 가질 수 있겠어? 높은 굽이 무슨 소용이야. 유혹의 힘은 한 세대를 건너뛰었어. 난 사랑스럽지 않아. 맞아, 신발 가지러 집으로 다시 들어갔지. 그때 천사가 날 놔버린 거야. 분명해!'

줄리엣은 호주머니 속에 손을 넣어 반쯤 으깨진 브라우니를 꺼냈다. 입안에 구겨 넣었다. 가방 속을 뒤져 오렌지 잼 조각이 박힌 판 초콜릿을 찾았다. 포장지를 찢어 한 조각을 삼키고. 또, 또, 또. 다 먹어 치웠다. 한 판을 다!

줄리엣은 길턱에 앉았다. 샌들을 벗었다. 아픈 발목을 문질렀다. 샌들을 다시 신었다. 지하철은 타지 않기로 결정. 걸어서 들어가야겠다.

'귀환. 그놈의 집으로. 언니들, 내가 왔어요. 너무 일찍 말이죠.'

24

매번 같다. 텅 빈 느낌. 커튼을 열 시간이 되면 뭘 해야 하는지 이미 알고 있다. 텔레비전을 켠다. 끈다. 일어난다. 간다. 온다. 하늘을 쳐다본다. 대나무를 본다. 다시 앉는다. 테이블 위에 카드를 놓는다. 둘로 나눈다. 카드를 툭툭 친다. 섞는다. 게임을 시작한다. 이긴다. 항상 비슷하다. '시계.' 열두 장의 카드를 앞면은 감춘 채 둥글게 놓는다. 세 번 돌아. 한가운데 마지막 넉 장을 놓는다. 그리고 하나를 돌린다. 스페이드 7. 그것을 일곱 시 방향으로 놓는다. 늘 네 명의 왕이 마지막에 오길 바라지만. 한 번도 이긴 적이 없다.

여왕은 열에 들떴다. 21시! 그 시각이면 그녀는 빛 속으로 들어갔다. 관객에게 자신을 내주는 시간, 날아가는 시간. 서른 이후부터 저녁이 되면 현기증이 일었다. 그녀의 온 하루는 바로 이 순간을 위한 거였다. 무대가 시작되기 전 너무나 떨리는 순간. 흥분, 긴장, 제2상태, 그러니까 의식 분리 상태, 그리고 첫 발. 흥분이 시작되는 순간. 이제 그녀의 모든 하루는 결핍을 비난한다.

그녀는 다시 한 번 시도했다. 그러나 왕들은 아직도 한 번씩만 나타났다. 카드를 모으고 툭툭 쳤다. 끝을 맞추기 위해 테이블 위에 놓고 때렸다. 완벽하게 상자에 잘 들어가게. 그녀는 그간의 성공, 실패, 으뜸 패, 조커를 생각했다. 모든 향수어린 추억을 멀리 두려고 노력해도, 결국 또 붙잡고 만다. 오늘 저녁은 좀 심하다. 못된 저녁이다. 모든 추억들이 퍼레이드하듯 펼쳐지고 성장했다.

여왕은 시몽을 떠올렸다. 조명기사. 오페라 드 파리 분장실의 조명을 설치한 남자. 그는 어떻게 하면 거울에 아름답게 비치는지 알고 있었다. 빛의 강도를 조절할 줄 알았다. 그녀는 그를 한 번도 잊지 않았다. 여왕은 알베르를 떠올렸다. 알베르는 발에 딱 맞는 발레 슈즈를 만들어주었다. 굽은 단단하게, 바닥은 부드럽게, 뒤축은 적당히 넓게. 그녀의 오른발과 왼발은 다르다. 그는 여왕의 발목에서 발가락까지 밀리미터 단위로 알았다.

그녀는 런던 로열 오페라 하우스를 떠올렸다. 끝없이 펼쳐진 복도. 베를린에서 〈잠자는 숲속의 미녀〉 1막 3장을 틀렸다. 그때 그녀의 두 발. 만회하기 위한 몸부림. 모든 사람이 그런 그녀를 지켜보았다. 〈젊은 이와 죽음〉에서 두 사람의 발이 떠오른다. 파트너와의 그토록 강렬한 일치. 그의 몸에서 들리는 가장 작은 소리까지 듣기. 에너지의 숭고한 공유. 그녀는 〈로미오와 줄리엣〉의 독무를 떠올린다. 거대한 무대 위에 스포트라이트를 받으며 홀로 섰다. 펼쳐지고, 던져지고, 후려쳐지는 피루엣. 수천 개의 눈을 위한 세계의 중심. 끔찍하게 무서운 책임감. 그녀가 무대로 들어가지 않으면 세계는 없다. 아무 일도 일어나지 않는다. 관객들은 이 순간을 꿈꾸며 몇 달 전 예약을 했다. 그들은 왔다, 그곳에 설 한 명의 거장 때문에. 스텔라의 전설. 해석해야 할 단 하나의 별. 최면 상태에 이르는 황홀경, 바람에 선 하나의 꽃, 새, 춤추는 불길, 그리고 지상에 그녀가 내려왔을 때, 박수갈채가 터졌다. 매일 저녁, 그녀는 카드놀이로 자신의 명성을 재생시켰다. 매번 눈이 부셨다.

그리고 에투알, 제1무용수로 임명되던 그날 저녁. 〈한여름 밤의 꿈〉 마지막 공연 날. 그녀는 무대 인사를 위해 앞으로 나아갔다. 오페라 극장장이 무대 뒤에서 나왔다. 손에 마이크를 들고 그녀 옆에 섰다. "무용협회장의 전적인 동의하에 마드무아젤 스텔라가 에투알로 임명되었음을 발표하게 되어 영광입니다." 항상 가장 높이 오르기 위해 위험을 감수했고, 모든 발레 콩쿠르에서 수상했다. 수석 발레리나, 그리고 마지막 최고의 자리, 최고 권위 에투알. 그녀는 재능이 있었고, 고집스럽게 해왔다, 거의 강박적일 정도로. 그날의 임명은 이 모든 것에 대한 보상이었다. 그녀는 아버지와 했던 약속을 지켰다.

⚜

이제, 그녀는 커다란 붉은 비로드 소파 안에 혼자 있다. 더는 박수 받지 않는다. 더는 우아하지 않다. 더는 공기처럼 가볍지 않다. 더는 젊지 않다. 더는 요정이 아니다. 그녀는 날개가 못핀에 박힌 나비일 뿐이다.

여왕의 시선은 오른쪽 서랍장 세 번째 서랍으로 떨어졌다. 한 달 전 맨 아래 서랍을 정리했다. 온갖 기사들, 신문에서 잘라낸 것들. 맨 위칸은 남겨뒀다. 그녀는 거기에 무엇이 있는지 안다. 열어봤자 아무 소용없다는 것도 안다. 그래도 가끔 열어 본다. 최근에는 더 자주 열어봤다. 그녀는 일어났다. 아이팟을 잡고 다섯 번을 클릭했다. 볼륨을 조정했다. 드뷔시의 '달빛'이 방을 가득 채웠다. 서랍을 열었다. 퍼레이드는 계속된다. 안에는 백여 개의 카드가 있다. 꽃다발에 따라왔던 카드들. 그녀는 아무거나 하나를 잡았다.

매일 밤, 당신은 내 시선을 사로잡았어요. 내 마음을 사로잡았어요.

– 에두아르

이런 건 도처에 있다. 다른 하나를 잡았다.

나는 미치게 행복했어요. 춤추는 당신을 보았을 때. 당신은 아름다움
과 우아함 그 자체였죠. 나와 함께 저녁 식사하지 않겠어요?

– 알렉상드르

에두아르, 알렉상드르, 샤를, 위베르, 미귀엘, 움베르토, 블라디미르,
다비드, 잭. 모두가 여러 달 동안 그녀에게 온갖 아첨을 했다. 그녀와 하
룻밤을 보내고 싶어서. 늘 유일무이한 첫날 저녁의 마법처럼.

마법, 황금, 비로드, 빛. 모두 사라진다. 마지막 저녁, 사람들은 발레
단, 무대 장치가, 무용단을 떠난다. 프로젝터가 꺼진다. 커튼이 닫힌다.
오케스트라는 소리를 내지 않는다. 무대의 타피스리가 돌돌 말린다.
의상과 화장이 벗겨진다. 내일 저녁도 이러할 것이다. 관객이 많으면 많
을수록 더 위대한 승리다. 그녀 옆에 사랑은 없다. 너무 늦었다. 그녀는
섬광들을 선택했다.

갈채와 찬사, 사랑 고백의 눈사태 속에 손을 넣어 한 번 통과시켰다.
서랍을 뒤로 살짝 밀었다. 매번 그렇듯 완전히는 아니고. 망설였다. 그
러나 이번에는 서랍을 저 안쪽 끝까지 밀어냈다. 작은 열쇠를 잡아, 두
번 돌렸다. 테라스로 갔다. 대나무한테 갔다. 대나무에게 뭐라고 속삭
였다. 그리고 열쇠를 밖으로, 공중으로 던졌다.

25

"내 선별에 대해서 뭐라고 하지 마." 줄리엣이 경고하듯 말했다.

"나 아직 아무 말 안했는데." 막스가 대답했다.

"나 이 장면들 다 빼고 싶어. 이유는 묻지 마, 아무것도 묻지 마."

"커피 좀 마셔야겠다. 너도 한 잔 마실래?"

"미안해. 사랑에 빠진 연인들을 볼 수가 없어."

"지난번 그거 잘 안 됐어?"

"그들에게는 쉽지. 대사가 다 준비되어 있으니까. '나, 이렇게 말하는 바보 같은 자식을 만났어.' '홍, 멍청이.' '그럴 줄 알았다면, 안 갔을 거 야.' 그녀는 다 망가진 낡은 가죽 소파에 거의 쓰러지다시피 몸을 눕히 며 말했다."

막스는 그녀의 책상 위에 있는 다비드 별과 촛불 하나를 봤다.

"너 아직도 시나고그 나가?"

줄리엣은 살짝 인상을 쓰며 답했다.

"난 나에게 실망했어. 누군가를 용서해야 해. 내 책 제5장. 욤 키푸르. 각자 관용을 베풀고 자기 사랑과 우정을 표명해야 하는 순간이지. 하루의 끝, 하늘의 문은 닫히고……."

"말도 안 되는 소리 하지 마. 속죄일? 지금 키푸르 시즌도 아니야. 그것보다 넌 유대교 신자도 아니잖아! 야, 네가 길만 걸어가도 잘생긴 애들이 휘파람 불어. 왜 이러셔?"

그녀는 웃었다. "시나고그에 온 남자들은 머리에 작은 키파를 쓰고 어깨엔 탈리트를 걸치고 정말 감동에 젖어 있어. 전날부터 단식을 해서 배는 졸아들어 있고. 검은 눈은 반짝반짝 빛나지. 그 열기란."

막스는 조용히 웃었다.

"그럼 너는 기도하는 척할 때 누구한테 한 거야?"

"주주. 그니까 로베르."

막스가 다른 소파에 자리 잡으며 묻는다.

"왜? 걔 지갑 속에 성게 들어 있었어?"

"성게?"

"그래. 레스토랑에 안 데려갔냐고?"

"무슨! 인도 위에 그냥 날 세워놨어."

"그리고 아무 말도 안 했어?"

"글쎄."

"줄리엣!"

그녀는 막스의 얼굴을 피해 눈을 들어올렸다.

"그가 뭐라고 했는데?"

"이런 말 한 거나 다름없지. '전 혼자 저녁 식사하러 갈 겁니다.'"

"영화의 한 장면이군."

"너, 정말 싫어."

"난, 너 정말 좋아. 넌 나의 여신이야, 줄리엣. 그 녀석 타르 바르고 깃털 붙여 영벌에 처해야겠군. 그럴 자격이 충분히 있어."

두 사람은 눈가에 눈물이 솟도록 웃었다.

"웃어야지. 내 연애 인생은 사하라 사막이야."

"그 사이트에서 처음 만났던 사람 기억나? 나프탈렌이었나? 넌 어떻게 매번 그렇게 세례명 같은 거를, 아니 별명을 자꾸 붙여?"

용기를 갖기 위해 그녀는 모든 걸 하나의 놀이처럼 구상화했다. 남자와 약속을 잡으면 그녀는 상대를 위한 별명을 찾아내야 했다.

그는 마흔 살이었다. 아이도 없고, 결코 한 여자랑 살지 않았다고 했다. 그는 그녀에게 여러 주 동안 무한한 섬세함으로 가득한 글을 보내왔다. 그리고 이렇게 서명했다. '시인.' 그의 단어들에 유혹되었다. '우리 안에 머물러 있는 하늘의 이 부분, 전기를 띤 듯한, 감격스러운, 밤의, 야생의, 결코 침해할 수 없는 그것……' 그녀는 그를 만나기로 했다. 밤이 아닌 낮에, 공공장소에서, 커피 한 잔 정도.

그녀는 가짓빛 드레스를 입었다. 실크 스타킹에, 말도 안 되게 굽이 높은 사슴가죽 에스카르팽. 장-피에르를 어루만졌고, 떠나기 전 부엌에서 작은 잔에 백포도주 한 잔을 마셨다.

계단에서 로잘리와 마주쳤다.

"오늘 왜 이렇게 예뻐?"

"약속 있어요."

'서른하나. 수녀가 되기엔 너무 젊지.'

"행운이 있기를. 나의 줄리엣. 숨을 크게 쉬고, 너의 샤크라를 열어."

그는 작은 카페 안에서 그녀를 기다리고 있었다. 구입할 때는 갈색이었겠지만 지금은 고유한 색을 잃은 무개성의 바지를 입고, 가벼운 샌들 안에 미키 양말을 신고, 조끼를 입고. 짧은 소매의 셔츠가 벌어져 우유 같고 털 없는 가슴이 드러났다.

"안녕하세요, 당신이 그 공주십니까?"

"그럼 당신이 시인!"

'노트르담 성당에 조각된 이무기를 닮았군. 그래, 내적 아름다움이 중요하지! 하지만, 그래도. 아무리 그래도!'

"커피 한잔 하실래요?"

"예, 약간 진한 걸로."

'난 지금 정신이 좀 가출하려고 하거든.'

시인은 몇 단어를 발음했다. 거의 알아들을 수 없는 목소리로, 어떤 억양도 없이. 줄리엣은 그가 하는 말을 이해해보려고 의자를 당겨 앉아야 했다.

"설탕 넣을까요?"

흩어진 냄새 입자가 그녀의 코로 몰려왔다.

'나, 이 냄새 알아.'

그가 말을 할 때마다 웅얼대는 목소리를 해독하기 위해 그녀의 몸이 앞으로 나갔다가 냄새 때문에 다시 뒤로 물러났다.

막스네 고모, 그녀의 살롱. 그 고모는 골동품 하나라도 어떻게 될까봐 절대 살롱 창문을 열어 환기하지 않았다.

'이제부턴 너를 이렇게 불러줄게. 나프탈렌!'

내적 아름다움이 퇴장했다.

"더는 당신에게 거짓말하고 싶지 않았어요"

'샌들 신은 사기꾼!'

그는 만남을 저녁때까지 연장하고 싶어 했다. 그녀는 최대한 부드럽게 말했다.

"아니에요. 저녁엔 해야 할 일이 있어요."

"어떻게 그를 잊겠어? 그는 실제로는 읽지도 않은 크리스티앙 보뱅의《인간, 즐거움》을 내게 메시지로 보냈어. 인터넷에서 대충 찾은 내용을 복사하기, 붙여넣기 한 거라고! 즐거움? 실제로 보니 미키 양말을 신은 이무기 조각상이 너네 고모 살롱에서 나던 나프탈렌 냄새를 풍기고 있었다고!"

"추구 대상을 바꿔. 이상적 남자는 잊어." 막스가 외친다. "훨씬 쉬운 애를 택해. 코바늘로 뜬 침대보 같은."

"그건 포기 그 이상이지. 건강을 위한 산책이 낫겠다."

"너희 건물에 사는 여자들, 그 사람들은 산책만으로도 된대? 그걸로 충분하대?"

"그래. 그 언니들은 다른 사람 마음에 들려는 노력을 안 해. 그냥 자기 삶을 살아."

"혹시 그 여자들, 여자 좋아하는 거 아니야? 그 여자들이 너 유혹 안 하는 거 확실해? 네 그 '포기한 언니들' 말야."

"무슨 소리야? 그 언니들 레즈비언 아냐. 수녀도 아냐. 그냥 다르게 사는 걸 택한 거야. 그분들 정말 아름답고, 흥미롭고, 여유가 있고, 너그럽고, 늘 살아있어. 스스로를 즐겨. 자신 스스로를 말이지. 그래서 나도 생각을 많이 하게 돼. 순간순간 뭐든 하고 싶은 게 자꾸 생겨."

"아, 남자 없는 나의 줄리엣! 그건 브랜도 없는 〈대부〉, 해리슨 포드 없는 〈인디아나 존스〉야."

"날 이해해줘, 막스. 예측하지 마. 너무 미리 알려고 하지 마. 난 단지 누군가를 만나고 싶어. 진짜 인생에서의 놀라움 말이야. 사이버마켓에서의 쇼핑이 아니라. 정말 끔찍해! 뚱뚱한 할아버지 코너, 사이비 시인 코너, 회계 전문가 코너, 성격 꼬인 남자 코너, 편리한 만남 코너……. 단지 뭔가 몰두할 걸 찾는 사람. 생판 남을 통해 자기 아내나 엄마에 대한 불만을 해결하려고 익명으로 글을 쓰며 스트레스를 푸는 자들, 혼자 멋대로 쓰면서 해방감을 느끼는 억제된 자들. '이름 마크, 파리, 솔로, 마흔, 185센티미터, 미남, 취미 독서.' 하지만 진실은 '안토니의 정원 주택에서 사는 57세 유부남, 부인 하나와 자식 넷.' 자기 사촌의 사진을 딱 올려놓는 거지. 24초마다 어디서든 '오, 사랑스러운 여인이여'를 연발해. 메시지 봉투 아이콘이 깜박이나 보려고 24시간 내내 인터넷에 접속 중이지. '걱정 마, 여보. 이건 포럼에서 친구들과 토론하는 사이트야.' 긴 기간 동안의 우울병 환자들, 중독자들, 미치광이들…… 균형을 잃은 다양성. 쉐이커 속에서 모두가 잘 흔들리고 있지. 신경증자들, 잭 니콜슨 없는 2000년대 판 〈뻐꾸기 둥지 위로 날아간 새〉. 책임감을 갖고 참여하는 사람은 거의 없어. 마침내 이 정도면 괜찮겠구나 하고 적절한 사람이라고 생각했을 때, 넌 그걸 믿고 아주 높이 올라가겠지. 근데 거긴 아무도 없어. 넌 올라간 것만큼 빨리 내려가게 돼. 자, 회전목마 타기는 끝났어. 어떠한 처벌도 받지 않고, 그는 싹 사라져버려. 인터넷, 그건 삶이 아니야. 정어리 통조림에서 사랑을 발견할 수 있어? 이건 내가 1억 3700만 중 1의 행운을 잡아야만 받을 수 있는 밀리언 유로짜리 로또야."

그녀는 일어섰다. 쌓인 서류들을 밀쳐냈다. 책상 아래서, 그녀의 가방에서, 호주머니 안에서 뭘 찾는다. 바닥에 던진 종이를 찢는다. 초콜릿을 찾았다. 와각 부셔 먹는다. 눈을 감는다.

막스는 침통한 표정으로 동요하는 줄리엣을 보았다. 이토록 아름다운 줄리엣이 이런 결핍을 느끼는 것을 보면 너무나 마음 아프다. 왜 그녀의 어머니는 이 애를 한 번도 안아주지 않은 걸까? 학교에서 찍은 어린 시절의 사진을 보았다. 사랑스럽기 그지없었다. 모르는 사람이라도 키스를 퍼부어줄 만큼. 그녀는 그 사진을 소중히 간직했다. 어린 시절의 유일한 사진이기 때문이다. 그녀의 부모는 단 한 번도 그녀의 사진을 찍어준 적이 없다.

"배고픔의 감각을 길들이며 살아야 해." 줄리엣은 이렇게 말하고는 울기 시작했다.

"그만해! 대단한 수행인 것처럼 이야기하는구나. 그러면 개인적 발

전과 성취가 있대? 배고픔의 감각을 길들이다니, 그런 말 하지도 마!"

막스의 목소리가 높아졌다.

'처먹고 싶은 욕망, 그게 모든 걸 침범해!'

긴 침묵. 멀리서 비행기 소리가 들렸다. 막스는 촛불을 보았다. 화면 속 영상. 그가 감히 줍지 못하는 찢어진 종이.

"줄리엣, 금요일에 재즈 클럽 갈래? 콘서트 있대. 표 두 장 받았어. 나랑 같이 가자."

26

한명 한명 꼭대기 층으로 이어진 계단을 밟았다. 매주 그래왔듯, 일
요일 저녁의 종교 의식과도 같은 저녁식사를 위해 그들은 다 모였다.
다른 무엇을 해도 이 순간은 절대 놓치지 않았다. 드레스 코드는 없다.
그러나 그들은 항상 아름답게 하고 왔다. 누더기를 걸치고 여왕의 집에
식사하러 갈 수는 없으니까. 시몬은 이렇게 말했다. '우아함은 전념해
야 할 궁극의 것이다.'

그들은 각자 역할을 맡아 요리했다. 이 건물의 습관을 잘 아는 장-
피에르는 이미 제1석에 앉아 있다. 장-피에르는 눈을 반쯤 뜨고 주세
피나를 봤다. 그녀가 맛 좋은 부분을 잘 선택하여 자기에게 바침으로
써 제 벗에 대한 보상을 확실하게 해주기를 희망하며.

"포모도리…… 멜란자네…… 파르미지아노…… 페르페토!"

그녀가 말을 할 때마다 장-피에르는 그녀가 말한 것을 다 먹고 싶은

것처럼 꼬리로 박자를 맞췄다.

시몬은 열린 창을 향해 대나무들에게 말을 걸었다. "꽃 피우지 마. 귀염둥이들."

여왕도 식탁 근처에 서 있었다.

"너무 맛있는 냄새가 나요! 우릴 위해 뭘 준비한 거예요?" 막 도착한 줄리엣이 물었다.

"소르프레사 아 라 시칠리아나! 시칠리아의 놀라운 음식들!" 나무 숟가락을 흔들어대며 요리사가 발표했다.

줄리엣은 그녀를 찍었다. 몇 달 전부터 그녀가 찍던 것들에 인생의 30초를 덧붙였다. 피루엣을 묘사하는 여왕, 태양을 향해 인사하는 로잘리, 사자처럼 으르렁거리는 장-피에르, 마리-마들렌에 열중하는 시몬.

"주세피나에게 경이를!" 짧은 영상 찍기를 끝마친 줄리엣이 경례했다.

식탁을 예쁘게 차리는 건 늘 여왕 몫이었다.

오늘 저녁은 하얀 무명천이 깔려 있다. 그 위에 장미 꽃잎이 흩뿌려져 있고, 섬세한 크리스털 다리가 달린 베네치아 유리잔, 조탁된 두 은제 그릇 안에서 흔들거리는 촛불. 그리고 한가운데, 한 무용수의 사진을 놓았다.

"왕실 특권." 여왕이 공포했다.

아무도 그가 누구인지 감히 묻지 못했다.

정식으로 정해진 자리는 없었다. 주재하는 여왕을 위한 자리 말고는. 로잘리와 시몬이 여왕 옆에 앉았다. 주세피나는 부엌 쪽에 가깝게 앉고, 줄리엣이 그녀 앞에. 장-피에르는 소파 꼭대기로 뛰어 올라갔다. 그리고 세 번 빙그르르 돌더니 온몸을 길게 뻗는다. 만족하는 것이다. 벽에 걸린 액자 속 '광인'이 그녀들을 바라보았다.

주세피나는 큰 소리로 포도주 병에 붙은 에티켓을 읽었다.

"도멘 드 라 크루아. 저항할 수 없는, 미식가의, 과일 향이 풍부한 그랑 크뤼."

그녀는 병을 돌렸다.

"강한 카시스 향기에 보랏빛이 반사되는 깊고 붉은 드레스라. 그는 여전히 우리를 엉망진창으로 만들 수 있군."

"그요? 그가 누군데요?" 줄리엣이 물었다.

"여왕의 찬미자, 익명의 찬미자지!"

여왕이 와인에 대해 덧붙였다. "거룩한 사랑, 순수한 에센스, 소외된 여백, 황제의 음료, 클로 드 라 시모네트, 미식가를 위한."

"그는 여왕을 잘 아는군요." 줄리엣이 말했다.

시몬이 잔을 들었다. "사랑은 취기야. 무례한 무질서."

"뭘 위해 건배할까?"

"카사 셀레스티나를 위하여!"

"우릴 위하여!" 로잘리가 말했다.

"우릴 위하여!" 각자의 잔을 들어 올리며 다섯 여자가 다시 말했다.

'우릴 위하여!' 단어들이 줄리엣의 머릿속에서 울렸다.

'이 집 이후 내 인생은 어떻게 될까? 일요일의 벌통이 없으면. 나는 침묵 속에 다시 놓이게 되겠지. 성탄절에, 카를라는 인도에서 돌아오고 다시 이 아파트에서 살게 되겠지. 그러면 나는, 나는 어디로 가지? 누구와? 막스는 스키 여행을 떠나고. 내 부모는 새해를 위해, 가족 축제를 위해 자기들끼리 떠날 텐데? 심지어 가톨릭 축제 때도 둘이서만 어디로 떠나지. 이건 전통이야, 하면서 말이야.'

주세피나는 접시를 들어 올렸다. 로켓 샐러드 위에 염소젖 치즈, 올리브유에 절인 토마토, 마늘과 오레가노가 곁들어진.

"소금 좀 줄래요?" 줄리엣이 손을 내밀며 시몬에게 물었다.

"소금은 손에서 손으로 옮겨지지 않아!" 여왕이 외치듯 말했다. "그러면 사시가 돼."

그러더니 로잘리와 공모의 시선을 주고받았다. 미신을 믿는 두 사람은 남들은 모를 무언가를 서로 공유했다.

"하루에 세 개의 키프만 있어도 더 오래 살 수 있을 거 같아." 여왕이 이어 말했다.

"세 개의 키프? 무슨 말이야? 통역 좀 해줘." 주세피나가 물었다.

"키프란 작은 쾌락이야. 은총의 순간이지. 그리고 나한테 새로운 제자가 생겼는데, 장 로슈포르를 닮았어." 로잘리가 조용히 이어 말했다.

"지금의 장 로슈포르? 아니면 20년 전 미용사 남편 연기를 했을 때의 그?"

"20년 전."

"그래서?"

"난 몸이 달았어, 흔들렸어. 난 그에게 스핑크스 자세를 하라고 했지."

"그 사람도 그 배우만큼이나 매력 있어?"

"응. 하지만 나는 왜가리 자세를 했어. 눈을 감고. 그러니까 고요가 다시 찾아 왔어."

"줄리엣이 여기 오고 나서부터는 남자 이야기를 많이 하는 거 같지 않아?"

모든 사람이 웃었다. 주세피나만 빼고.

시몬은 줄리엣을 향해 몸을 돌렸다. "맞아, 맞아. 그렇지, 너 요즘 어떠니?"

"잘 있죠. 그냥, 더듬고, 모색하고, 찾고 있어요. 여기서 잘 있어요. 좋은 사람들이랑 함께 있죠. 잘 구워진 빵 냄새를 맡고, 아침이면 건물 입구에서 바흐를 들어요. 장-피에르는 여기저기 옮겨 다니고, 그리고……."

"이 동네 남자들 봤지?"

"르로이 형제들은 아직 미혼이야."

"문제는 둘 중에 선택을 해야 한다는 거지."

"너, 철물점 계산대 뒤에서 회색 앞치마 입고 있으면 귀여울 거야."

"토요일엔 럭비 경기에 가게 될걸."

"오, 제발!" 주세피나가 소리 질렀다. "그렇게들 재밌어? 다른 얘길 해도 되잖아! 이게 너희들의 새로운 대화 주제로군. 정말, 다 전염된 거야, 뭐야? 카를라는 언제 오지?"

침묵이 주세피나의 폭발을 이었다. 줄리엣은 저항할 수 없는지 잔에 코를 깊이 박았다.

'그녀 말이 옳을지도 몰라. 여자들이 사라지면 여왕은 누가 챙기지? 우릴 터무니없이 싼 집세로 살게 해줬어. 일요일마다 우릴 초대했지. 귀족부인처럼 혼자 삭이고, 혼자 고통스러워하고. 그녀는 어떻게 될까? 여길 떠나면 그녀의 붉은 소파에서 먹던 그 멋진 간식들을 그리워하게 될 거야.'

갑자기 벌떡 일어나 줄리엣은 잔을 들고 소리를 질렀다.

"우리의 여왕을 위해!"

감사의 눈빛, 모두가 부드러움을 가득 실어 여주인의 눈에 쏟아 부었다.

이어 대화는 다시 그들이 읽은 넬슨 만델라의 전기로 이어졌다. 각자 자기 견해를 들려줬다. 디저트가 나왔다. 캐러멜로 구운 무화과 열매, 소금 꽃, 쓰촨 겨자, 발사믹 식초.

여왕은 일어났다. 몇 걸음 걷더니 자기 아이팟을 스피커에 연동시켰다.

저녁처럼 떨어지는 머리카락

허리 아래 음악

어둠 속에서의 재즈

이 고통, 우릴 행복하게 하는

레오 페레가 노래했다.

여왕은 다시 뻣뻣한 걸음걸이로 식탁을 향해 왔다. 시몬, 주세피나, 로잘리와 줄리엣의 시선은 다시 제자리에 와 있다. 여왕은 아무 말 않고 웃으며 가만히 있었다. 그들도 입을 다물었다. 가사만 들렸다.

이것은 특별한 일

무지개를 연주하는 이 손

인생의 기타 위에

하늘로 올라가는 외침,

기도하는 한 개비 담배처럼

여왕은 식탁보 아래에서 서랍을 열었다. 푸른 밤 같은 새틴 천으로 싼 네 개의 함을 오그라든 손으로 꺼냈다. 그들에게 하나하나 나눠주었다. 유리판 아래 하늘 사진이 들어 있었다. 그들 아파트에서 바라본 하늘이다. 하루의 다른 순간들, 매해의 다른 순간들. 각자가 다른 하늘을 받았다. 천둥치는 하늘, 푸른 하늘, 양털 구름 하늘, 별이 총총한 하늘.

"여기 있어줘서 고마워요. 나와 인생을 공유해줘서."

여왕은 엄숙한 톤으로 말했다.

그리고 다시 앉았다. 끝까지 노래를 들었다.

그것은 특별한 일

망각과도 같은 가죽 드레스

고의가 아닌데도

치명적인 유혹

회색 아침처럼

그 안에 앞뒤로 흔들리며 침묵하는 여자 아이

그것은 특별한 일

무디 블루스는 조용히 흔들리고

더 하고 싶은 말이 없는 이 앰프

침묵의 음악 속에

앞뒤로 흔들리는, 죽으러 온 여자 아이

벌 한 마리가 방 안으로 들어왔다. 여왕은 그걸 바라보았다. 그러나 이번에는 손가락으로 잡지 않았다. 차양에서 쉬게 그냥 내버려두었다.

27

로잘리는 초겨울의 매서운 공기를 들이마시며 걸어서 집에 가는 중이었다. 요즘 라비에게 연수를 받고 있다. 라비는 '명상의 21단계'를 가르치러 인도에서 온 스승이다. 그녀는 그게 재밌다. 서양에서 요가는 여성들의 우주로 여겨지는데, 그 첫 역할은 하루 종일 감자만 먹는 것 같은 남자 스승들에 의해 주도되어왔다.

'요즘 선 수행을 너무 많이 해서 오히려 몸이 정직해졌나?'

평소라면 명상의 12단계에서 잠들던 그녀는 요즈음 스르르 잠들지 않아 괴로웠다.

길 위에서 그의 실루엣을 발견했다. 그녀의 심장이 뛰었다. 그한테 다가갔다.

"프랑수아!"

남자가 뒤돌아봤다. 그가 아니다. 호흡이 달렸다. 다시 천천히 거리를 걸었다.

슈 드 브뤼셀 앞에서 멈췄다. 마당에서 키운 닭을 사려는 것이다. 그리고 독일 밀빵과 녹차도. 계산대에는 니콜이 있었다. 그녀는 로잘리에게 대추야자 열매를 골라줬다.

"다섯 개? 아니면 일곱 개? 내가 알지. 당신이 이런 걸 따진다는 걸." 그녀가 잔소리하듯 말했다. "안 좋아하는 숫자를 알아. 6은 안 좋지? 8도 너무 둥글게 돌고. 자, 슈플뢰르하고 기적의 그라탱 하나를 넣어줄게요."

"고마워요 니콜. 모니크에게 인사 전해주세요."

"여왕님께 제 경배를!"

로잘리는 서점 앞을 지났다. 르로이 형제들이 손짓하자 미소로 답했다. 또 센투리 가족과도 마주쳤다. 에르베, 그의 아버지, 어머니, 누이, 그리고 누이의 하얀 개. 그녀가 철문 앞에 도착하자 커튼 하나가 열렸다. 다시 커튼이 떨어지기 전 바르텔레미 씨의 주름진 손 하나가 얼핏 보였다.

입구 서랍장 위에 있는 우편물을 챙겼다. 두 개의 고지서와 사진엽서. 계단의 숫자를 세면서 4층에 올라갔다. 머릿속에 떠오르는 생각을 다 몰아내려는 것처럼.

몸으로 문을 밀고 부엌으로 갔다. 장본 게 많아 손이 복잡하다. 시장 바구니, 우편물, 몸에 꼭 맞는 옷과 요가 타피스트리가 겨우 손에 들려 있다. 그녀는 오늘 아침 방에서 읽었던 책이 부엌 식탁 위에 놓여 있는 것을 좋아한다. 그건 그녀 옆에 누가 산다는 증거다. 하지만 아무것도 움직이지 않았다. 그녀의 집에서는 절대 아무것도 움직이지 않는다.

레몬 닭 요리를 할 생각이다. 주세피나를 초대해 같이 먹고 싶어서. 주세피나는 이번 바캉스에서는 딸을 볼 수 없을 것이라는 오빠들의 일방적인 통보 이후 약간 우울해 보였다. 그리고 아마 줄리엣. 두 사람의 숨을 트여줘야겠다. 자기 주변으로 이 작은 세계를 모이게 할 생각을 하니 미소가 지어졌다.

창문을 활짝 열었다. 내려앉는 저녁과 골목집들에 하나둘 켜지는 불빛들을 바라보기 위해. 그녀는 엽서가 있다는 걸 안다. 그것도 바로 옆에. 그러나 지금 당장은 읽고 싶지 않았다.

그녀는 부모님을 생각했다. 라봉테 부부. 곧 결혼기념일이다. 40주년. 두 사람은 지금도 서로에게 다정한 몸짓을 한다. 그들 사랑은 그 자체로 기념비적이다. 그녀는 자기가 프랑수아와 함께 그들처럼 살 것이라고 생각했다.

그녀는 엽서를 집었다. 거꾸로. 끝없이 평원이 뻗어 있다. 그 끝에 작은 집이 하나 있다. 색이 엷게 바래버린 푸른 나무 집. 엽서를 돌렸다.

물론 그다! 우편 소인은 석 달 전으로 거슬러 올라간다. 그녀의 심장은 더욱 세게 뛰었다. 5년. 그는 일체 설명도 없었다. 그는 나중에 봐, 라는 말도 하지 않았다. 그녀는 인생을 바꿨으나, 한 번도 그를 잊은 적은 없었다. 눈을 감으면 그 키스의 맛이 즉각 떠오를 것이다. 체리 맛. 그때 그들은 서로 밀착하기 전에 체리를 한 움큼은 먹었을 것이다. 그녀는 그의 무엇을 사랑했는가? 생각할 것도 없다. 어떤 조건도 없다. 알 것도 없다. 당시에는 그토록 아름다운 남자들이 꽃처럼 피어나는 것만을 생각했고, 그 가운데 하나를 따기 위해 몸을 기울이기만 해도 되었다. 요즘에는, 아니, 그 후로 그녀는 그런 예쁜 꽃과 더는 마주치지 못했다. 그 같은 것을 다시 볼 수 있을까?

그녀가 이 비정상적인, 아니 이 비범한 여자들의 집에 사는 것을 그는 알지도 못한다. 그녀는 그에게 한 번도 답장을 보내려고 하지 않았다. 무슨 말을 하겠는가? 떠나버린 그에 대한 비난을? 그 어마어마한 좌절과 우울을? 하지만 무슨 소용이겠는가? 만약 그가 그녀에게서 도망친 거라면 달리 어떻게 할 수가 없어서였을 것이다. 여러 해가 가면서 그녀는 그를 자연스럽게 이해하게 되었다. 그의 무책임함을 용서하지는 못했지만.

그녀가 함께 살고 싶은 남자는, 아이를 낳고 싶은 남자는 오로지 그였다. 모든 것이 완벽했다. 그는 그들의 행복을 차버렸다. 그 행복은 드

문 것이었다.

엽서를 받아서일까. 그날 저녁, 그녀는 프랑수아가 갑자기, 새롭게, 너무나 끔찍하게 보고 싶었다. 이불로 온몸을 감싸고 세게 안았다. 침대에 배를 붙이고 마치 구명용 보트라도 되는듯 매트리스에 꽉 달라붙었다.

그는 떠났다. 그녀는 안다. 그가 다시 돌아오지 않으리라는 것을. 가위, 행주, 거시기, 미신들. 아무것도 도움이 되지 않을 것이다. 그러나 그녀는 완전히 열린 가슴으로, 정말로, 미친 듯이, 단 한 번만 사랑하고 싶었다. 너무 가까이? 너무 멀리? 사랑하는 사람과의 적정한 거리를 알려주는 줄자는 없나?

남자 없는 건물에서 살고, 나무를 키우고, 여자 친구들과 차를 마시고, 남자가 그녀를 떨리게 할 때 눈을 질끈 감아버리는, 이런 것은 아마도 영원한 해결책은 아니다. 결국.

다른 사람들은 어떻게 하나? 다들 흔들리고 있겠지? 그녀는 사우나 안에서 들리던 중저음을 생각했다.

"대단하네, 그날그날 참는 욕망들이. 성실함과 진지함. 그걸 난 믿어. 나는 내 인생을 내가 선택한 여자 옆에서, 나에게 예! 하고 말해준 여자 옆에서 마무리하는 게 멋진 거라고 생각해."

줄리엣이 옳은 건가?

"사랑은 모든 것이에요."

가끔 그녀는 프랑수아가 보내온 모든 엽서를 쓰레기통에 던져버리고 싶었다.

그러나 그녀 인생의 남자를 어떻게 포기할 수 있나? 그녀는 서점에서 그런 교재는 찾지 못했다.

28

콘서트 시작 직전, 둘은 아슬아슬하게 재즈 클럽에 도착했다.

일이 끝날 무렵에 줄리엣은 죽도록 이불 속으로 기어들어가고 싶었다. 약속 없는 내일을 잊기 위해 그만 잠들고 싶었다. 막스는 출발 직전까지도 일이 있었고, 그녀가 기권을 선언하려고 했을 때, 그는 어떤 말도 듣고 싶어 하지 않았다.

"보통은 네가 파티 같은 거 항상 먼저 가자고 했잖아. 설마 날 혼자 가게 내버려두진 않겠지. '뉴 모닝' 클럽에 '푸쉬 업' 밴드라고. 거절해서는 안 되는 초대야."

"츠우워, 으윽 추워." 줄리엣이 스웨터 목이 굴뚝 난로라도 되는 양 코를 처박고 웅얼거렸다.

"춤추면 따듯해질 거야! 저녁 8시부터 잠옷을 입느니 가서 춤이나 추자."

막스는 그녀의 지주다. 뭐라도 그를 거절하고 싶지는 않았다.

"오케이, 오케이! 가자."

클럽은 은총 받지 못한 거리의 황량함 속에 있었지만, 줄리엣은 이런 장소를 좋아했다. 뉴욕 재즈 클럽의 영감을 불러일으키는 곳. 눈을 감고도 갈 수 있었다. 홀이라고 부르기 어색할 만큼 작은 실내가 두 개 있는 익숙한 재즈 클럽. 제일 작은 홀은 덜 완성된 차고 같았지만 좀 더 큰 홀은 말끔했다. 이런 건 늘 아름다운 충격이다.

복도 붉은 벽에는 신비로운 분위기를 풍기는 콘서트 포스터와 시드니 베쳇, 리오넬 햄프턴, 존 콜트레인 등 여러 재즈 거장들의 흑백 사진들이 걸려 있었다. 인테리어는 초라했다. 공간이 많이 없으니까. 하지만 그만큼 음악가와 관객은 아주 가까이 붙어 있게 되어 분위기가 빠르게 뜨거워졌다. 모두가 춤을 추기 위해 의자를 뒤로 밀어붙였다.

줄리엣은 그곳에 있는 것만으로 황홀했다. 오늘은, 바의 둥근 의자 위에 걸터앉았다. 주변에 시선을 건성으로 던지다 왠지 익숙해 보이는 남자의 실루엣에서 멈췄다. 그는 매우 컸다. 후줄근한 청바지에 목이 돌돌 말린 커다란 스웨터, 소맷부리가 갈라진 낡은 가죽 잠바를 입고 있었다.

"뭐 마실래?" 막스가 물었다.

"여기 그로그 있을까?" 줄리엣은 막스를 쳐다보지도 않고 대답했다.

그녀는 둥근 의자 위에서 몸을 기울였다. 남자가 막 같이 도착한 무리와 움직이기 시작했다. 그 탄탄하고 넓은 어깨가 왠지 자꾸 익숙하다. 피아노 운반꾼의 어깨처럼, 정말 탄탄한 건축물이다.

"너 뭐해? 넘어지겠어."

순간 운반꾼이 돌아봤다. 거인 같은 몸과 대조되게 너무나 부드러운 눈빛.

줄리엣은 막스의 팔을 잡으며 균형을 잡았다.

"괜찮아? 너 좀 이상해 보여."

"이상해. 저기 저 남자 분명 어디서 본 거 같은데 잘 모르겠어."

막스가 웃었다.

"뭐야, 기시감이야? 전생의 인연이라고는 하지 마라, 무서우니까."

'이미 어디선가 그를 만난 게 확실해.'

"가보자, 시작한다."

무대 위에 일곱 명의 음악가와 가수들로 혼합된 무리들이 자리를 잡았다. 그들 중 하나가 마이크를 들었다.

"아주 인기 있는 한 남자의 하루에 대해 여러분에게 이야기해드리려고 합니다. 텔레비전 앞에 앉아 있던 그의 삶에, 그의 희망과 분노에 영향을 주었던 모든 선택지들을 생각합니다. 미스터 퀸시 브라운!"

기타의 현란한 리프, 들썩이는 플루트, 풀려나가며 맹위를 떨치는 신시사이저, 여가수의 애무하는 것 같은 부드러운 목소리와 밴드의 에너지. 줄리엣은 망설이다가 더는 못 참고 일어났다. 둥근 의자에서 내려와 음악에 맞추어 허리를 흔들기 시작했다.

"너무 예쁜데요!"

줄리엣의 붉은 새틴 리본 매듭이 달린 자줏빛 사슴가죽 보티용을 보며 그 운반꾼이 말을 걸었다.

'발 페티시?'

"고마워요. 런던에 주문해서 구한 거예요. 한정본이라고 하더라고요."

"희귀한 런던 출신 구두가 여기에서 춤추고 있네요."

"음악 너무 좋지 않아요? 참을 수가 없어요."

"밴드가 끝내주죠!"

'아, 그래! 어디서 봤는지 기억났어!'

"저, 혹시 당신 집에 내 신발 없어요?"

운반꾼은 웃었다.

"그럴지도."

"아, 그럼 거의 다 됐어요?"

"당신 보관증 번호 알아요?"

"흠, 아니요, 그런데……."

"그럼 부티크부터 들려야 해요."

"그러니까, 어, 당신은? 트롸-프레르 가의 구두 가게, 아킬레우스의 발뒤꿈치?"

그는 아주 낮게 몸을 기울였다.

"장. 당신의 구두공, 당신의 발 앞에 엎드린!"

'푸쉬 업 밴드를 좋아하는 구두공이라니! 와우!'

그들은 퀸시 브라운에 대해 이야기하기 시작했고, 또 몇몇 형이상학적인 질문들을 주고받았다. 자기 인생을 말해줄 수 있는 영화 이야기며, 소울, 락, 펑크 같은 음악 이야기. 자주 오지만 한 번도 동시에 온 적은 없는 뉴 모닝 클럽에 대해서도 이야기했다.

막스는 벽에 등을 기대고 서서 거인 같은 녀석에게 웃으며 이런저런 대답을 해주고 있는 자기 친구를 유심히 관찰했다. 이윽고 그들에게 다가갔다.

"나 갈게. 좀 피곤해. 마지막 전철을 타야 하거든." 막스가 말했다.

'어, 간다고?'

"〈마지막 전철〉, 그 영화 참 좋아했는데." 장이 말했다.

'실제로 존재할 리가 없어. 매력적인 회색 눈에 영화에 미치고 신발에 미친 남자는.'

줄리엣이 장에게 한눈판 사이, 막스는 사라져버렸다.

남은 두 사람은 아무 말도 않고 가만히 있었다. 줄리엣은 무대, 장,

무대, 장, 장, 그리고 장을 봤다.

장은 줄리엣을 바라봤다.

회색 눈과 초록 눈은 긴 대화를 나눴다.

장이 줄리엣을 향해 몸을 기울이고 속삭였다.

"아임 저스트 어 맨."

'말도 안 돼!'

"그들 앨범에서 제가 제일 좋아하는 타이틀입니다."

'줄리엣 숨 쉬어, 숨 쉬어……'

그들은 바에 앉았다. 둥근 의자에 엉덩이를 반쯤 걸치고.

'갈 것인가, 남을 것인가, 이런 경우 뭘 어떻게 해야 하나?'

"이제 마지막 잔?" 줄리엣이 작은 소리로 물었다.

'너무 늦었다. 그래, 너무 늦었어.'

"아니." 장이 말했다. "아니, 그럼, 그냥 박하차 한 잔만 더."

그는 줄리엣의 옆모습을 바라봤다.

그녀는 그의 손을 봤다.

'여자 구두를 하루 종일 주물럭거리던 손. 지금 뭔가 지성적인 말을 찾아야 해. 어떤 말이라도.'

"왜 목요일 아침엔 닫아요?"

"그러면 안 되나요?"

"지금 몇 시죠?"

"몰라요."

장의 시선이 줄리엣의 발끝부터 얼굴을 향해 올라왔다.

'내 두꺼운 스웨터 아래 있는 커다란 몸을 보는 건 아니겠지.'

"시간 됐죠, 아닌가?"

"무슨 시간?"

"그냥, 시간."

"우리가 마지막이에요."

"그래요?"

클럽은 거의 텅 비었다. 음악가들은 악기를 꾸리고 있었고, 바텐더는 카운터 위에 널브러진 마지막 잔들을 거두고 있었다.

장은 줄리엣에게 데려다주겠다고 했다. 지하철은 이미 끊겼다. 그들은 걸어서 가기로 했다. 텅 빈 거리, 줄리엣은 피아노 운반꾼 옆에서 보호받는 기분을 느꼈다.

'보디가드 같다. 커튼 뒤에서 우리를 살피는 바르텔레미 씨보다는 더 확실한 보디가드야.'

한 가냘픈 울음소리가 하수구 구멍에서 새어나왔다. 줄리엣은 옆으로 폴짝 뛰었다.

"악어다!" 그녀가 소리 질렀다.

"하수구 속에 십여 마리가 있는 거 같아요." 장이 조용히 해설을 달았다.

"닥쳐! 그런 말 난 다 믿어. 안 돼!"

'어이구, 나 완전히 취했군!'

장은 끄떡도 않고 계속 얘기했다. "걔네들 강가에 휴가 갔다 온 사람들 따라서 이 도시까지 오게 된 거예요. 어떤 애들은 도망치는 데 성공했고 이렇게 우리 발밑에서 자라는 애들도 있고. 언더그라운드 삶을 좋아하죠."

"난, 도시의 전설을 좋아해요. 엘비스 프레슬리, 월트 디즈니, 마이클 잭슨은 이 버려진 섬의 생존자일 거예요. 중국의 만리장성은 달에서도 보인다고 하잖아요. 내가 가장 좋아하는 건, 기억력이 5초인 빨간 금붕어예요."

장은 줄리엣의 문장에 마침표를 찍어줬다. "어항에 있어도 절대 지겨워하지 않는 이유죠."

"그런데 도시의 악어들, 난 완전 믿어요." 줄리엣은 장의 팔에 매달려 말했다.

그들은 그렇게 함께 걸었다. 서로 팔짱을 끼고 싱거운 농담도 하면서.

골목 끝에 다가오자 줄리엣은 걸음 속도를 늦췄다.

'어떻게 하지? 그에게 뭐라고 말하지?'

그녀는 현관 철문 앞에서 멈췄다.

"동네 사람들이 말하는 게 사실이군요."

'제기랄, 다 아는군.'

"무슨 말을 하는데요?"

'여기서 시간을 벌자.'

"이 건물의 여자들은 사랑을 포기했다고."

"예, 그래요, 그녀들은 포기했죠."

줄리엣은 뜸을 들였다가 이어 낮게 말했다.

"난 아니에요."

장은 손으로 줄리엣의 얼굴을 감싸 안고 부드럽게 그녀의 입술에 키스했다. 그리고 갔다.

그가 멀어져가는 것을 보면서 줄리엣은 그의 가벼운 발걸음을 눈여겨보지 않을 수 없었다.

오늘 저녁 그렇게나 나가기 싫어했다는 것을 생각하며 그녀는 웃었다. 어린 날 그녀에게 자기 간식을 내밀었던 소년과 그가 닮은 것 같다는 생각을 하며 웃었다. 그가 훨씬 크지만.

'사실, 너무 간단하구나.'

줄리엣은 철문 앞에서 비밀번호를 눌렀다. 안뜰을 가로질렀다. 호주머니 안에서 열쇠를 찾았다. 손도 안 댄 초콜릿이 보인다. 계단을 올랐다. 기계처럼 옷을 벗었다. 라디오를 켜는 것도 잊은 채 잠이 들었다.

그녀는 문자 소리에 잠에서 깼다.

'당신의 에스카르팽이 준비되었어요. 반짝반짝 윤이 나요.'

29

피아노 운반꾼…… 아킬레우스의 발뒤꿈치, 아임 저스트 어 맨……
장…… 박하차, 악어, 만리장성, 빨간 금붕어…… 사랑을 포기, 나는 아
니에요…… 반짝반짝 윤이 나요…… 피아노 운반꾼…… 아킬레우스
의 발뒤꿈치…… 아임 저스트 어 맨…… 장…… 박하차…… 악어……
만리장성…… 빨간 금붕어…….

휴대폰 벨 소리가 줄리엣을 소스라치게 만들었다.

'생각이 통한 건가?'

그녀는 웃으며 전화를 받았다. 미소가 사라졌다. 의자가 뒤집어졌다.
스튜디오에서 튀어 나갔다. 복도에 있던 막스를 밀쳤다.

"내 것 좀 꺼줘. 설명할 시간이 없어. 들어가봐야 해."

'지하철? 택시? 택시는 안 돼. 시위라도 있으면 옴짝달싹 못 하게 돼.

장-피에르에게 무슨 일이 생긴 건가? 이 신발로는 달릴 수가 없어. 내 샌들은? 내 가방에. 제기랄. 가방을 잊었어! 가방도 없고, 지하철 표도 없고, 돈도 없네. 나는 개찰구를 그냥 뛰어넘을 만큼 대담하지도 못해. 다른 사람에게 붙어 갈까? 저 여자 빼빼하네. 좋아, 고! 시몬이 어디 아픈가? 왜 지하철은 안 오지? 구급차라도 부를 걸 그랬나? 샤틀레, 레알, 에티엔-마르셀, 아직도 역 하나. 끝나지가 않네. 아아, 목 주변에서부터 촉수로 내 배를 옥죄는 이 문어는 뭐지? 왜 나는 이런 상태에 놓인 거지? 로잘리 언니는? 다들 어딨지?'

로잘리는 명상 수련을 멈췄다. 쿠션을 정리했다. 집이 멀지 않다는 것을 안다. 뛰고 싶었다. 그런데 뛰어지지가 않았다.

주세피나는 택시에서 내렸다. 스카프를 휘휘 두르고. 휴대폰이 울렸을 때 그녀는 황금색 청동으로 된 19세기 촛대 한 쌍을 사는 중이었다. 판매와 가판대는 모리스에게 맡겼다. 절뚝거리는 발을 이끌며 걸어서 대로까지 왔고 택시를 목메어 불렀다.

장-피에르는 안뜰에서 우리에 갇힌 야수처럼 뱅뱅 돌고 있었다.

시몬이 그녀들 모두에게 전화를 했다. 하얀 목소리로 말했다. "지금 당장 집으로, 제발……."

30

창백한 태양은 구름 낀 하늘에서 빛났다. 그녀가 늘 좋아했던 그대로. 희귀한 이름들이 붙은 대로와 백여 개의 나무들은 공원을 생각나게 했다. 그러나 이곳은 공원이 아니다. 저 많은 사람들도 산책객이 아니다. 화병과 꽃다발을 들고 침울한 표정으로 한 곳을 향하는 사람들.

서로가 서로에게 몸을 기대고, 그들은 빽빽한 꿀벌 떼를 형성했다. 전날 저녁 도착한 카를라는 겨울 망토 아래 하얗고 긴 튜니카를 입고 있었다. 인도식 장례에 따라.

⚜

몰랐다. 그녀에게 영원한 작별을 고하기 위해 모두 모이게 될 줄은. 어떤 예고도 어떤 조짐도 없었다. 5일 전, 그들은 평소처럼 일요일 저녁 식사를 위해 모였다. 그날 저녁 시몬은 레인지에 붙어 있었다. 메뉴는

라르동 기름으로 튀긴 감자, 민들레 샐러드, 월귤 타르트. 그들은 편지 봉투 안에 있던 익명의 글을 보며 각자 해설을 달고, 웃고, 황당해하고 있었다. '남자가 필요하면, 내가 여기 있어요.'라고 적혀 있었다. 그렇게 오래 그들을 관찰했던 바르텔레미 씨가 드디어 철문을 넘기로 결정한 건가? 어쩌면 에르베 센투리가 자기 가족을 벗어날 시도를 한 거 아니야? 아니면 새로운 이웃? 충격은 다른 데서 왔다.

장-피에르가 꼭대기 층 문 앞에서 평소와는 다르게 울어댔다. 시몬은 여왕이 침대 위에서 쉬고 있는 것을 보았다. 마치 잠자는 숲속의 공주처럼. 그녀를 깨울 어떤 키스도 없었지만. 그녀의 가느다란 다리가 하얀 새틴 드레스 밖으로 나와 있었다. 40년 전 왕의 사촌이랑 저녁 식사를 하러 가기 위해 입었던 것처럼. 그녀는 마지막으로 가장 아름답고 싶었다. 그녀의 시든 손에는 아이팟이 들려 있었다.

앰프에서는 박수갈채가 고리처럼 원을 돌며 사라졌다. 그녀 옆에는 수면제 상자가 있고, 테라스 위의 대나무는 꽃을 피웠다.

시몬은 그게 분명 여왕을 쓰러뜨린 최후의 일격이었을 거라고 이해했다. 시몬은 그녀의 방에 한동안 있었다. 그리고 자기 집으로 내려왔다. 로잘리에게, 주세피나에게, 그리고 줄리엣에게 전화했다.

차례로, 그들은 경직되어 소파 가장자리에 앉았다. 살롱에서 백 걸음은 떨어져 있는 시몬을 바라보며. 다시 생각할 수 있는 상태가 되려면 모두 거기 있어야 했다.

"무슨 일이에요?"

"결혼하니?"

"나 무섭다!"

시몬은 그들 앞에 서서 입을 열기 전 침묵이 자리하도록 내버려 두었다.

"여왕이 선택했어. 생에 작별을 고하기로. 태양은 그녀 없이 떴어."

처음으로 무너진 것은 줄리엣이었다.

주세피나는 말을 멈추지 않았다.

"페르세 하 파토 쿠에스토? 논 에 포시빌레. 로비스타 이에리, 스타바 베네. 아 케 오라 라이 트로바타? 체라노 메디시네? 데 라 카사 셀레스티나?(왜 그런 거야? 말도 안 돼. 어제만 해도 괜찮았잖아. 언제 발견했어? 의사는? 카사 셀레스티나는?)"

"주세피나, 나 이탈리아 말 하나도 몰라."

"에 안코라 쿠이? 보글리오 베데를라.(어디 있어? 내가 그녀를 봐야겠어.)"

"주세피나!"

"내가 차 준비해? 접시꽃잎 차."

"지금 차라니. 미쳤어? 로잘리, 왜 그래?"

"의사 불렀어요?"

"어디가 갑자기 불편해서 그런 건 아닐까? 그게 확실해?"

"다 끝났어."

회색 아침처럼 앞뒤로 흔들리며 침묵하던 소녀…… 침묵의 음악 속에, 앞뒤로 흔들리며 죽으러 온 소녀…….

5층에서 들려오던 바흐 골드베르크 변주곡을 더는 들을 수 없을 것이다. 갈매기 소리도, 여왕이 태어난 생트랄리 마을의 종소리도.

아네모네 꽃은 입구 화병 안에서 시들어 있다. 계단 입구에는 어떤 빵 냄새도 떠다니지 않는다. 장-피에르는 벽을 할퀴어대고. 건물은 굳어 있다.

이웃들, 동네 사람들도 천천히 움직였다. 여왕은 오래 전부터 그곳에 살았다. 그들은 그녀를 찬미했고, 그녀를 두려워했고, 그녀를 환상적이라 보기도 했고, 건물 안에 남자들을 금지한 결정을 이해하지 못했다. 그러나 아무도 그녀한테 무심할 수 없었다. 그들은 그녀를 여왕이라 불렀다.

❀

장례식 날, 르로이 형제는 그들의 회색 앞치마를 벗었고, 철물점의 덧창을 내린 후 문에 이런 문구를 걸어두었다. '장례로 문을 닫습니다.' 서점과 식료품 가게도 문을 닫았다. 센투리 가족도 모두 장지로 갔다.

모두가 한줌의 흙 앞에 모였다.

바르텔레미 씨가 서 있었다. 바구니를 움켜잡은 손, 다른 한 손은 모자챙을 아래로 내려 잡았다. 디에고는 뒤로 물러나 있었다. 후드로 얼굴을 반쯤 가리고, 시몬에게 위로의 시선을 보내며. 맨 앞줄에 나이든 한 남자가 똑바로 서 있었다. 지팡이도 없이. 아름답고 긍지에 찬 자세로.

"누구지?" 로잘리가 조심스럽게 물었다.

"그녀의 연인 중 하나?"

최근 새긴 것 같은 묘비를 보면서 그들은 여왕이 이미 자신의 출발을 계획하고 준비했다는 것을 알았다.

뤼세트 미쇼

1938-2013

인생은 하나의 줄이다.

우리는 그 줄 위의 곡예사다.

여왕은 바이올린 연주자도 이미 찾아놨고, 연주할 곡도 선정해 두었다.

'바흐 소나타의 황홀경 속에서, 장지에 서 있어도 되는 걸까?'

줄리엣은 아름다운 아다지오를 들으며 물었다. 비종교인들에게도 이 아다지오는 음들 너머의 영성체일 것이다.

몇몇 옛 발레리나 동료들이 침묵의 마지막 환호를 위해 왔다. 누렇게 쭈글쭈글해진 그들은 남몰래 눈물을 훔쳤다. 그리고 짙은 아카주 관 위에 재스민 꽃잎들을 별처럼 총총히 뿌렸다. 그리고 그곳을 떠났다. 카를라는 인도에서는 재스민이 여성의 유혹을 상징한다는 것을 떠올리며 웃었다. 꽃들의 여왕이라는 시적인 의미이기도 했다.

시몬의 손을 잡고, 주세피나의 팔을 잡고, 로잘리의 어깨에 기대, 카를라에게 위로받고 있는 줄리엣에게 낯선 남자가 다가왔다.

"당신들이 그 집 세입자들입니까?" 그는 슬픔이 묻어나는 숨을 가다듬으며 물었다.

그들은 그렇다며 고개를 끄덕거렸다. 그는 몸을 숙였다.

"파비오 사르토리입니다. ……반갑습니다."

'파비오 사르토리!'

줄리엣은 여왕의 내밀한 고백을 회상했다. 그들이 서로 맞서던 저녁. "사르토리. 그는 정말 특별한 남자였어. 섬세하고, 교양 있고. 내가 떠나기 전 나를 떠난 유일한 남자지. 그가 몇 년 후 다시 돌아왔을 때 우리는 친구가 되었어. 그는 내가 내 모든 영혼을, 내 약함을, 내 힘을, 내 의심을 바칠 수 있을 유일한 사람이야. 알겠지만, 우정 그건 서로 몸을 감싸는 아주 부드러운 숄 같은 거야. 넌 그걸 네 친구인 막스랑 나누잖아. 그건 너한테는 오래된 캐시미어 스웨터야."

줄리엣은 망설였다. 지금은 그럴 때가 아닐 수도 있지만, 그래도 그에게 뭔가를 확인하고 싶었다.

"와인 좋아하세요? 특히 예쁜 이름을 가진 레드 와인을?"

슬픈 눈이 순간 빛났다.

"내가 살아 있는 한, 일요일 저녁 당신들 식탁에는 늘 포도주가 있게 될 거예요."

그는 깊이 숨을 들이마셨다.

"내가 지난 번 마지막으로 이야기했을 때 스텔라가……."

그러면서 그는 외투 안쪽 호주머니 안에서 봉투 하나를 꺼냈다. 줄리엣에게 봉투를 내미는 손이 떨렸다.

"그때, 그녀가 나한테 이걸 당신들에게 전해달라고 부탁했어요. 만일 그녀에게 무슨 일이 생기면……."

줄리엣은 네 친구들을 쳐다봤다. 그래도 되겠냐는 듯.

장례식에 왔던 이들은 천천히 흩어졌다. 디에고도 사라졌다. 일이 그를 기다리고 있었다. 바이올린의 부드러움을 이었던 침묵 후에, 땅 밑으로 관이 사라지는 것을 본 후에 그들은 걷고 싶었다. 숨을 쉬어야 했다. 커다란 너도밤나무 아래 긴 벤치가 있었다. 서로 협의라도 한 듯 발길이 자연스레 그리로 향했다. 줄리엣은 로잘리와 시몬, 주세피나와 카를라 사이에 앉았다. 두 마리 참새가 벤치 발치에서 모이를 쫀다. 로잘리는 줄리엣의 팔 위에 손을 올리며 말했다.

"너에게 온 거야."

줄리엣은 봉투를 열었다. 안에는 리본이 묶여 있는 열쇠 두 개가 있었다. 그리고 편지 하나.

31

나의 사랑하는 사람들에게, 나의 벗들에게

하늘을 바라보며, 꾀꼬리가 노래하는 것을 들으며 여러분에게 씁니다.

여러분은 방금 알게 되었을 거예요. 내 이름은 뤼세트입니다. 에투알 수석 무용수 이름치고 그렇게 공기처럼 가벼운 이름은 아니지요? 나는 지젤이었고, 카르멘이었고, 코펠리아였고, 신데렐라였고, 또 그토록 많은 사랑에 빠진 여인이었답니다. 나는 세계의 모든 도시에서 화려하게 승리했어요. 나는 열정을, 고통을, 배신을, 죽음을 연기했어요. 그리고 남자들의 눈빛은 나를 따라오며 나를 환하게 비추었지요. 나는 칭송받는 것을 너무나 좋아했어요. 즉흥적인 밤을, 불꽃놀이를 좋아했어요. 그러나 욕망은 휘발되듯 날아갔죠. 매일같이 그것을 가꾸는 것은 섬세한 예술이에요. 나는 그것엔 재능이 없었어요. 나는 둥근 공의 전체보다는 겉면을 좋아했어요.

내 지친 몸은 소진되었습니다. 내 충실한 가신들은 내게서 손을 뗐어요. 내 공간이 줄어들었습니다. 나는 평생 움직이며 살아왔습니다. 그러나 더는 춤을 출 수가 없어요. 더는 유혹을 할 수가 없어요. 나는 떠나는 편을 택합니다. 누르예프, 베자르 그리고 또 다른 이들을 찾으러 갈 거예요. 나는 관절이 부러진 꼭두각시가 되고 싶진 않아요. 대나무들이 우는 것을 듣고 싶진 않아요. 마지막 악장을 무대 위에 올릴 수 있는 힘, 그리고 "커튼콜!" 이라고 말할 수 있는 힘이 내겐 있어요.

나는 천국도 지옥도 믿지 않아요. 내가 다른 우주로 가서 춤을 추게 될까요? 모르겠어요. 하지만 우리가 어딘가에서 다시 만날 거라는 말도 안 되는 희망을 갖고 있습니다. 바흐의 전주곡 위에서. 영영 헤어질까봐 두렵지만, 우리 활짝 웃어요.

이런 생각을 하고 나니 마음이 많이 가벼워져 나는 떠날 수 있습니다.

우리는 어떤 드문 것을 창조했어요. 아름다운 장소를, 어여쁜 공동체를. 당신들은 예외적인 여성들이에요. 각자 자기 방식대로. 여러분을 잘 돌보세요. 내 이웃들이여.

카를라, 넌 너의 인도인 꿈을 살았어. 벌통을 잊지 마.

로잘리, 난 알아. 네가 프랑수아의 엽서를 받아왔다는 것을. 그에게 답

장해. "더는 나에게 편지하지 마." 그리고 다음번에 한 남자가 네 마음을 흔들어 놓으면, 외면하지 마.

주세피나, 벼룩시장의 네 이웃. 수프 그릇 파는 그 남자. 만일 네가 그에게 블루테 수프를 만들어준다면? 넌 그를 저녁식사에 초대해야 해. 시몬, 가서 춤 춰! 모든 남자가 카를로스인 건 아냐.

줄리엣, 나의 귀여운 사과, 넌 너에게 걸맞은 어린 시절을 보내지 못했어. 난 아이가 없어. 하지만 내가 만일 딸이 있다면 널 닮았으면 했지. 강하고, 고집 세고, 잘 먹고, 이상주의자이고. 넌 결핍감을 가진 사람들이 으레 그렇듯 왕성한 식욕을 가지고 있어. 그건 네가 무너지지 않기 위한 너만의 방식이야. 넌 내게 저항했지. 그 점을 찬미해. 곧, 넌 라디오를 켜두고 잠들지 않게 될 거야. 너에게 정합한 동물을 찾게 될 거야. 알 파치노는 이미 임자가 있지만 네 알파치노는 다른 데 있을 거야. 확실해.

내 하늘 가득한 은신처는 이제 네 거야. 스텔라 포스터들을 벗기고 그곳에 거울을 채워 넣어도 좋아. 만일 네가 나에게 기쁨을 주고 싶다면, '미친' 그분과 구름은 간직해주고.

나의 소중한 카사 셀레스티나는 여러분에게 맡깁니다. 여러분이 이 이름을 함께 찾아줬어요. 그리고 천상의 왕국 속에서 그것을 지켜줬어요. 이제 나의 왕국은 종말을 고합니다. 새로운 규칙을 정하세요. 그러나 우리를 이렇게 온화한 삶으로 이끌어준 광기의 씨앗은 결코 포기하지 마세요.

이제 나는 천사들과 이야기 나누러 가야 해요. 아마 그 천사들이 다른 방식으로 나는 법을 가르쳐줄 거예요.

또 만나요, 나의 사랑하는 이들이여.

당신의 여왕

32

그들은 한참을 그대로 앉아 있었다. 그들 위로 너도밤나무 나뭇가지들이 펼쳐져 있고, 나뭇잎들은 바람의 속삭임에 같이 몸을 흔들었다. 다 말이 없었다. 이런 침묵이 아무도 불편하지 않았다.

묘지 입구에 장이 서 있었다. 가죽 잠바 호주머니에 손을 집어넣은 채. 줄리엣을 기다렸다.

네 여자는 함께 집으로 가는 길을 걸었다. 줄리엣과 장은 그들 뒤를 조용히 따랐다.

"어떻게 하지? 그를 들어오게 할까?"

"마음대로 하게 내버려 둬. 오면 맞고." 로잘리가 속삭였다.

"구두공을 받아들이면, 그 다음은 수리공이겠어."

"이제 곧 남자를 수락한 여자들의 집이 되겠군."

"자기 발에 꼭 맞는 신발을 찾은 여자가 저기 있네." 시몬이 한숨지었다.

줄리엣과 장이 이들에 합류했다.

정지 화면.

깃털 장식 같은 꼬리. 여자들이 사랑하는 남자가 커다란 수국 위로 나타났다.

눈길들이 서로 마주쳤다.

하늘이 밝아졌다.

주세피나는 철문을 열었다.

"*벤베누토, 장!*(들어와요, 장!) 장-피에르! 그 사람 들어오게 해. 네가 이제 이 건물의 유일한 수컷은 아냐!"

바르텔레미 씨가, 그의 창가에서 박수를 쳤다.

남자를 포기한 여자들이 사는 집

초판 1쇄 인쇄 | 2016년 8월 3일
초판 1쇄 발행 | 2016년 8월 10일

지은이 | 카린 랑베르
옮긴이 | 류재화
펴낸이 | 윤성준

펴낸곳 | (주)북파크(레드스톤)
출판등록 | 2015년 3월 19일 제 2015-000080호
주소 | 경기도 고양시 일산동구 호수로 672 대우메종리브르 611호
전화 | 070-7569-1490
팩스 | 02-6455-0285
이메일 | redstonekorea@gmail.com

ISBN 979-11-957935-1-8 03860

- 값은 뒤표지에 있습니다.
- 파본은 구입하신 서점에서 교환해드립니다.